Weihnachten '2000

# dtv
## Reihe Hanser

Liebste Tina,

na hier kommt noch ein tolles Geschenk fürs neue Jahrtausend ... alles Liebe dir und dass deine Zunge locker wird für "ProblemGespräche" :)

Sei umarmt & geküsst

Deine Yvonne xxo

Sechs Erzählungen von T. C. Boyle. Wild, absurd und voll von schwarzem Humor. Illustriert von Rotraut Susanne Berner mit außergewöhnlichem Strich. Und mit einem Nachwort des Autors. In diesem fordert er nur eins von seinen Lesern: den Rest der Welt draußen zu lassen und für ein oder zwei seltsame und kostbare Stunden sein wackeliges, surreales Universum zu betreten.


*T. Coraghessan Boyle*, geboren 1948 in Peekskill, New York, unterrichtet an der University of Southern California in Los Angeles. Für seinen Roman ›World's End‹ erhielt er 1987 den PEN/Faulkner-Preis. Der Autor gehört zu den wichtigsten amerikanischen Erzählern der letzten Jahrzehnte.
*Rotraut Susanne Berner*, geboren 1948 in Stuttgart, studierte Grafik-Design in München. Heute lebt sie in Heidelberg. Seit vielen Jahren ist sie freie Künstlerin im Bereich Buchillustration und seit einiger Zeit auch Autorin. In der *Reihe Hanser* bebilderte sie bereits mehrere Bücher.

T. Coraghessan Boyle

# Der Fliegenmensch
## und andere Stories

Ausgewählt von Armin Abmeier
Mit Bildern von Rotraut Susanne Berner
und einem Nachwort des Autors

Deutscher Taschenbuch Verlag

In neuer Rechtschreibung
Januar 2001
Deutscher Taschenbuch Verlag GmbH & Co. KG,
München
www.dtv.de
Alle Rechte vorbehalten
(Siehe Quellennachweis S. 153)
Umschlagbild: © Rotraut Susanne Berner
Satz: Fotosatz Reinhard Amann, Aichstetten
Gesetzt aus der Bembo 10,5/12,75˙ (QuarkXPress)
Druck und Bindung: C. H. Beck'sche Buchdruckerei,
Nördlingen
Gedruckt auf säurefreiem, chlorfrei gebleichtem Papier
Printed in Germany · ISBN 3-423-62048-x

# Inhaltsverzeichnis

Der Fliegenmensch .......................... 7

Ende der Nahrungskette ...................... 36

Der Polarforscher ........................... 46

Greasy Lake ................................ 75

Ein Herz und eine Seele ..................... 94

Großwildjagd .............................. 109

Nachwort ................................. 145
*von T. Coraghessan Boyle*

# Der Fliegenmensch

> Versuche, jemandem die Hungerkunst zu erklären!
> *Franz Kafka: »Ein Hungerkünstler«*

Am Anfang, bevor die Presse auf ihn aufmerksam wurde, war sein Kostüm noch ziemlich einfach: Trikot und Cape, eine Schwimmbrille aus Plastik und eine Badekappe im grellsten Rot, das er hatte auftreiben können. Das Trikot war ebenfalls rot, allerdings an Schenkeln und Waden schon zu Rosa ausgebleicht; außerdem war es an den Knien etwas ausgebeult. Er trug abgenutzte Stulpenstiefel – rote natürlich –, und sein Cape, das so aussah, als hätte man vor kurzem einen Mülleimer damit ausgekleidet, hatte die Farbe von geräuchertem Lachs. Er mochte Mitte Dreißig sein, sein genaues Alter fand ich nie heraus, und er war dünn, hager und knochig – so ausgemergelt, dass man fürchtete, ihm würden gleich alle Glieder abfallen. Als er an jenem ersten Nachmittag in mein Büro gehinkt kam, wusste ich nicht, was ich von ihm halten sollte. Falls er überhaupt an ein Insekt erinnerte, dann an ein spindeldürres, zerbrechliches Wesen – einen Weberknecht oder eines dieser spinnenartigen Viecher, die immer über die Wasserfläche des Swimmingpools huschen, ganz egal, wie viel Chlor der Bademeister hineingekippt hat.

»Da ist ein Herr, der Sie sprechen möchte«, flötete Crystal durch die Gegensprechanlage.

Ich war nicht auf der Hut. Verletzlich. Das gebe ich zu. Weil ich im warmen Schein meines ersten Erfolges badete (zehn Prozent der Gage für einen Auftritt von Bettina Buttons – einer näselnden Zwölfjährigen mit ehrgeizigen Eltern – in einem Streifen mit dem Titel *Tyrannosaurus II*, kein Text, dafür ließ sie einen denkwürdigen Schrei los) und vom Feiern beim Lunch noch ziemlich schwerfällig war, fühlte ich mich großzügig, souverän und nobel. Natürlich mochten die zwei Fläschchen Sangre de Cristo 1978 das ihre dazu beigetragen haben. Ich drückte den Kopf der Gegensprechanlage. »Wer ist es denn?«

»Ihr Name, Sir?«, hörte ich Crystal fragen, und dann, durch das Knistern des Lautsprechers hindurch, hörte ich ihn antworten, in diesem eigenartigen, modulationslosen Brummen, das er für Sprechen hielt.

»Wie bitte?«, fragte Crystal.

»La Mosca Humana«, brummte er.

Crystal beugte sich zum Mikrofon. »Äh, ich glaube, er ist Mexikaner oder so.«

Zu diesem Zeitpunkt meiner Karriere besaß ich genau drei Klienten, die ich sämtlich von meinem Vorgänger geerbt hatte: die schon erwähnte Bettina Buttons, einen Komiker mit Hasenscharte, der ausschließlich Witze über Hasenscharten machte, und eine Soft-Rock-Band namens Mu, deren Mitglieder sich für reinkarnierte Hofmusikanten aus dem versunkenen Kontinent Atlantis hielten. Das Telefon hatte den ganzen Vormittag über nicht geläutet, und mein nächster (und einziger) Termin, mit Bettinas Mutter, Großmutter, Schauspiellehrerin und Diätberaterin, war um sieben. »Er soll reinkommen«, sagte ich großherzig.

Die Tür ging auf und da stand er. Er richtete sich kerzengerade auf, mit so viel Würde, wie man von einem erwachsenen Mann mit roter Badekappe und rosa Trikot eben erwarten kann, und kam ins Büro hereingehoppelt. Ich betrachtete Kappe und Cape, Stulpenstiefel und Trikot, die hängenden Schultern und die fleischlosen Glieder. Sein blonder Schnurrbart war ungepflegt und hing herab, auf der linken Gesichtshälfte hatte er einen üblen blauen Fleck, und seine Nase sah aus, als hätte er sie sich mehrmals gebrochen – und zwar vor kurzem. Die Schwimmbrille reflektierte das Neonlicht.

Im ersten Moment wollte ich nach dem Sicherheitsbeamten rufen – er sah aus wie einer dieser bettelnden Freaks auf dem Hollywood Boulevard –, aber ich beherrschte mich. Wie gesagt, ich war voll des Weins und der Großzügigkeit. Außerdem war mir so langweilig, dass ich die letzte halbe Stunde damit zugebracht hatte, seitenweise Firmenbriefpapier zu zerknittern und Papierflieger in den Mülleimer segeln zu lassen. Ich nickte. Er nickte zurück.

»Also«, sagte ich, »was kann ich für Sie tun, Mister, äh –?«

»Mosca«, brummte er; die Silben klangen so eingedickt und dumpf, als versuchte er gleichzeitig zu sprechen und sich zu räuspern. »La Mosca Humana.«

»Die menschliche Fliege, stimmt's?«, sagte ich, indem ich meine Spanischkenntnisse aus der Schulzeit hervorkratzte.

Er senkte den Blick auf den Schreibtisch, dann fixierte er mich. »Ich will berühmt werden«, sagte er.

Wie er ausgerechnet den Weg in mein Büro gefunden hat, werde ich wohl nie erfahren. Oft frage ich mich, ob mir nicht jemand einen Streich damit spielen wollte. Damals war ich ein Niemand – ich hatte weniger zu sagen als der Bursche, der den Fotokopierer bediente – und von allen Büros in der Agentur war meines am kleinsten und am weitesten vom Eingang entfernt. Von mir wurde erwartet, mit zwei Telefonen, einer Sekretärin und einem Arbeitsraum auszukommen, der nicht viel größer war als zwei größere Kühlschränke. An den Wänden hingen keine Utrillos oder Demuths. Nicht einmal ein Fenster hatte ich.

Ich zweifelte nicht daran, dass der Mann, der sich da über meinen Schreibtisch beugte, ein klarer Fall für die Klapsmühle war, aber das war eben doch nicht alles. Ich spürte, dass er etwas ausstrahlte – so etwas wie Würde, eine Aura von elementarer Tristesse –, das sein albernes Kostüm Lügen strafte. Unter seinem Blick wurde mir unbehaglich. »Wollen wir das nicht alle?«, fragte ich.

»Nein, nein«, beharrte er, »Sie verstehen mich nicht«, und zog dabei einen alten Umschlag aus den Falten seines Capes. »Hier«, sagte er, »sehen Sie.«

Der Umschlag enthielt eine Handvoll Zeitungsausschnitte über ihn: vergilbtes, zerknittertes Papier, die Druckerschwärze bereits blass geworden. Bis auf einen waren sie alle auf Spanisch. Ich drehte mir die Schreibtischlampe herüber und las angestrengt. Die Zeitungen waren aus Städten wie Chetumal, Tuxtla, Hidalgo, Tehuantepec. Soweit ich überhaupt etwas begriff, hatte er offenbar bei einem mexikanischen Zirkus mitgewirkt. Die einzige Meldung auf Englisch stammte aus dem Lokalteil der *Los Angeles Times*: MANN NACH ERKLETTERN DES ARCO-HOCHHAUSES VERHAFTET.

Ich las die erste Zeile – »Ein Mann, der nur als ›Fliegenmensch‹ bekannt ist...« – und mehr brauchte ich nicht. Was für ein Aufhänger: *Ein Mann, der nur als ›Fliegenmensch‹ bekannt ist!* Das war unbezahlbar. Beim Weiterlesen sah ich ihn in einem neuen Licht: das Kostüm, der

hinkende Gang, die blauen Flecken. Dieser Mann war mit nichts weiter als ein paar Stricken und seinen Fingernägeln zwanzig Stockwerke hochgeklettert. Dieser Mann hatte der Polizei und dem Tod getrotzt – mein Hirn überschlug sich fast: O ja, aus diesem Jungen ließ sich etwas machen, allerdings. Vergesst eure Rambos und Conans, dieser Typ ist was viel Besseres.

»Fünf Milliarden von uns krebsen auf diesem Planeten herum«, sagte er in seinem gepressten, erstickten Tonfall. »Ich will mir einen Namen machen.«

Ich blickte ihn ehrfürchtig an. Ich sah ihn in der Johnny-Carson-Show, als Gast bei David Letterman, sah ihn zur Spitze des Bonaventure Hotel hinaufkraxeln, in einer Tonne die Niagarafälle hinuntersausen, die Hauptrolle in seiner eigenen Serie spielen. Nur mühsam beruhigte ich mich. »Äh, Ihr Gesicht«, sagte ich und machte eine vage Geste, die sich auf das pflaumenfarbene Hämatom, die mitgenommene Nase und das steife Bein bezog, »was ist denn da passiert?«

Zum ersten Mal lächelte er. Seine Zähne waren fleckig und ramponiert; die Augen hinter den gesprungenen Plastikgläsern der Schwimmbrille blitzten auf. »Ein Unfall«, sagte er.

Wie sich herausstellte, kam er nicht aus Mexiko – er war Ungar. Ich bemerkte meinen Irrtum, als er Brille und Badekappe abnahm. Ein dünner Streifen Haut, so bleich und wächsern wie der Hut eines Champignons, zog sich an seinen Ohren, dem Haaransatz und dem Nacken entlang, grell weiß gegen das sonnengebräunte Oval seines Gesichts. Die Augen waren wässrig blau und das Haar unter der Badekappe ebenso fein und farblos wie die Strähnen seines Bärtchens. Er hieß Zoltan Mindszenty und war zu seinem Onkel nach Los Angeles geflüchtet, als 1956 die russischen Panzer durch Budapest gerollt waren. Er hatte sich Englisch, Spanisch und Baseball beigebracht, in der Freizeit Feuerschlucken und Seiltanzen geübt, als einer der Besten die High-School beendet und danach in einer Fabrik, die Brechbohnen und Kaktusfeigen in Dosen abfüllte, einen Gabelstapler gefahren. Mit neunzehn hatte er sich dem Zirkus der Brüder Quesadilla angeschlossen und die Welt bereist. Oder jedenfalls den Teil davon, der im Norden von Kalifornien, Arizona, New Mexico und Texas, im Süden von Belize und Guatemala begrenzt wird. Jetzt wollte er berühmt werden.

Er handelte rasch. Zwei Tage, nachdem ich eingewilligt hatte, sein Agent zu werden, schaffte er es in die Live-Nachrichten aller drei großen Fernsehsender: Er befestigte im zweiundzwanzigsten Stock des Sumitomo-Hochhauses ein Transportnetz an der Außenwand, kroch hinein und lehnte es strikt ab, wieder herunterzukommen.

Großartig. Nur hatte er sich leider nicht die Mühe gemacht, mir davon zu erzählen. Ich schlang gerade mein Mittagessen hinunter (ein Knoblauch-Käse-Croissant mit Avocado und Sojasprossen), etwas in Eile wegen eines Vorsprechtermins, den ich meinem hasenschartigen Komiker besorgt hatte, als das Telefon klingelte. Es war ein Lieutenant Peachtree vom Los Angeles Police Department. »Hören Sie mal«, zischte der Lieutenant, »wenn das ein Reklamegag sein soll...« Er ließ den Satz unbeendet, die Drohung – blinder Zorn, Verstöße gegen das Strafgesetz, gnadenlose ominöse Maßnahmen, die sich zur Bestrafung von Komplizen ergreifen ließen – unausgesprochen.

»Wie bitte?«

»Der Spinner da oben auf dem Sumitomo-Haus. Ihr Klient.«

Schlagartig begriff ich. Mein erster Gedanke war, die Verbindung zu leugnen, doch stattdessen stammelte ich: »Aber, aber woher haben Sie meinen Namen?«

Knapp und präzise, wie ein lebender Polizeibericht, teilte mir Peachtree die Einzelheiten mit. Einer seiner Leute hatte sich aus einem Fenster im einundzwanzigsten Stock gelehnt und Zoltan zum Herunterkommen aufgefordert. »Ich bin der Fliegenmensch«, hatte Zoltan zur Antwort gebrummt, während der Wind pfiff und der Verkehr tief unten rauschte, »wenn Sie mit mir reden wollen, dann rufen Sie meinen Agenten an.«

»Ich gebe Ihnen zwanzig Minuten«, fügte Peachtree hinzu und seine Stimme klang so hart und erbarmungslos wie das Fallbeil einer Guillotine, »dann will ich Sie hier sehen. Und fünf Minuten danach will ich diesen Clown da auf dem Rücksitz des nächsten Polizeiwagens haben – ist das klar?«

Das war es. Absolut. Und zwanzig Minuten später, dank dem Einsatz eines Streifenwagens, dessen gellende Sirene mehrere hundert verschreckte Autofahrer von der Schnellstraße verscheuchte wie erschlagene Fliegen, wurde ich auf dem einundzwanzigsten Stockwerk des Sumitomo-Hochhauses vom Wind durchgepustet. Zwei von Peachtrees Beamten hielten mich an den Beinen und schoben meinen Oberkörper auf die glatte Glasfläche der Fassade hinaus.

Mir wurde schlecht vor Angst. Unter mir klaffte die immense Weite der Stadt, mit aufgerissenem Maul und freigelegten Mahlzähnen. Über mir war der trübe Himmel, ein halbes Dutzend Tauben auf einem Sims und Zoltan, eingeschnürt wie ein Sack mit Pampelmusen, gelassen in einem

Taschenbuchkrimi schmökernd. Ich würgte mein Croissant wieder hinunter und räusperte mich. »Zoltan!«, rief ich, wobei mir der Wind das Wort von den Lippen riss und davontrug. »Zoltan, was machen Sie da oben?«

In dem Sack über mir bemerkte ich Bewegung; Zoltan zuckte hin und her wie eine ledrige Riesenfledermaus beim Entfalten ihrer Schwingen, dann streckte er die knochigen Beine und die übergroßen Füße aus dem Behälter, während das Netz sanft im Wind schaukelte. Er spähte zu mir hinab, wobei die Schwimmbrille in der Sonne aufblitzte, und bedachte mich mit einem beleidigten Blick. »Das fragen Sie noch? Und Sie wollen mein Agent sein?«

»Es ist also eine Show – stimmt's?«, brüllte ich.

Er wandte das Gesicht ab und das Funkeln auf der Brille erlosch. Eine Antwort gab er mir nicht. Hinter mir hörte ich Peachtrees barsche, autoritäre Stimme: »Sagen Sie ihm, dass er ins Gefängnis kommt.«

»Die wollen Sie einsperren. Und das meinen sie ernst.«

Lange Zeit sagte er gar nichts. Dann fing die Brille wieder das Sonnenlicht ein und er drehte sich zu mir. »Ich will das Fernsehen hier haben, Tricia Toyota, die ›Action News‹, das volle Programm.«

Mir wurde schwindlig. Die Straße unten mit ihren Spielzeugautos und den Knäueln von winzigen Menschen schien in einer pulsierenden Welle auf mich zuzurasen und wieder zurückzuweichen. Ich spürte, wie Peachtrees Leute ihren Griff lockerten. »Die werden nicht kommen!«, keuchte ich und krallte mich so panisch am Fensterrahmen fest, dass meine Finger taub wurden. »Das dürfen sie gar nicht. Vorschrift für alle Sender.« Das stimmte auch, soweit ich wusste. Alle Verrückten aus dem ganzen Land würden sich auf diesem Sims drängeln, wenn sie dafür zehn Sekunden Sendezeit in den Abendnachrichten bekämen.

Zoltan blieb unbeeindruckt. »Das Fernsehen«, brummte er gegen den Wind, »oder ich bleibe hier, bis ihr meine Knochen weiß glänzen seht.«

Ich glaubte ihm.

Letztendlich blieb er zwei Wochen lang dort oben hängen. Und aus irgendeinem Grund – weil er eigensinnig war, absurd und jenseits aller Hoffnung oder Heilungschance irre – konnte die Presse nicht genug von ihm bekommen. Das Fernsehen auch nicht. Wie er die Zeit verbrachte, was er aß, wie er sich entleerte, erfuhr man nie. Er war einfach nur da, ein winziger Punkt in einem Netz, ein kaum wahrnehmbares Eindringen der Realität auf der blanken, glatten Riesenfläche des Sumitomo-Gebäudes. Peachtree versuchte natürlich, ihn herunterzuholen – schikanierte ihn mit Hubschraubern, schickte ihm Scharen von Fensterputzern, Feuerwehrleuten und Ledernacken hinauf –, doch es half alles nichts. Wenn irgendjemand ihm zu nahe kam, kletterte Zoltan aus seinem Kokon heraus, heftete sich an die spiegelglatte Fassade und glitt – wie eine große rote Fliege – zu einer anderen Stelle.

Schließlich, nachdem die zwei Wochen um waren – zwei Wochen übrigens, in denen mein Telefon nicht mehr zu klingeln aufhörte –, beschloss er herunterzukommen. Stieg er etwa durch das nächste Fenster und nahm den Fahrstuhl? Nein, nicht Zoltan. Er kletterte abwärts, Zentimeter für Zentimeter, entdeckte erstaunlicherweise Halt für Finger und Zehen, wo gar keiner war. Die letzten fünf Meter machte er im freien Fall, rollte ab wie ein Fallschirmspringer und kam zwischen einem Dutzend zupackender Polizisten auf die Beine. Man hatte Barrikaden errichtet, Straßen waren abgesperrt, hunderte von Zuschauern hatten sich versammelt. Als man ihn in einen Streifenwagen stieß, drängten sich die Reporter um ihn. War es eine Protestaktion?, wollten sie wissen. Ein Hungerstreik? Was hatte das Ganze zu bedeuten?

Er wandte sich ihnen zu, seine Schwimmbrille war verdreckt, Taubenfedern und aufgewirbelter Unrat klebten an seinem Cape. Seine Beine waren steif wie Stelzen, das Gesicht fast schwarz von Sonne und Ruß. »Ich will berühmt werden«, sagte er.

»Eine DC-10?«

Zoltan nickte. »Je größer, desto besser«, brummte er.

Es war am Tag, nachdem er sein Lager auf dem Sumitomo-Gebäude abgebrochen hatte, und wir saßen in meinem Büro, um das nächste Projekt durchzusprechen. (Die Kaution für ihn hatte ich selbst gezahlt, obwohl sie vom Gericht in der Preislage angesetzt worden war, die man für einen Massenmörder erwarten würde. Die Anklage umfasste vierzehn Punkte: von Hausfriedensbruch über öffentliche Ruhestörung und Widerstand gegen die Staatsgewalt bis hin zu Exhibitionismus. Ich musste Himmel und Hölle in Bewegung setzen und außerdem vor Sol Bankoff, dem Chef der Agentur, auf die Knie fallen, damit er mit dem Geld über den Tisch kam.) Zoltan trug das Kostüm, das ich extra für ihn hatte anfertigen lassen: ein neues Trikot, darüber ein schwarzes, völlig unzerknittertes Seidencape, ein Paar schwarzrote Jordan-Basketballschuhe und – das Wichtigste – eine Fliegermütze aus rotem Leder und eine Schutzbrille. Jetzt sah er nicht mehr ganz so aus wie ein Geriatriefall im Kurbad, sondern eher wie die Sorte von furchtlosem Draufgänger/Superhelden, mit dem sich die Öffentlichkeit identifizieren konnte.

»Aber Zoltan«, flehte ich, »diese Dinger fliegen mit achthundert Stundenkilometern. Da wirst du in Stücke gefetzt. Auf Hochhäuser klettern ist eine Sache, aber das ist doch Wahnsinn. Der reinste Selbstmord.«

Er hing auf dem Stuhl, das eine Bein über das andere gekreuzt. »Fliegenmensch überlebt alles«, schnarrte er mit seiner tonlosen Stimme. Er starrte auf den Boden und jetzt hob er den Kopf. »Außerdem, wie sollen die Leute den Respekt vor mir bewahren, wenn ich nicht mein Letztes gebe?«

Da hatte er Recht. Aber sich an die Tragfläche einer DC-10 zu schnallen, war ungefähr so vernünftig, wie in einem Beiruter Straßencafé zu Mittag zu essen. »Okay«, sagte ich, »das stimmt schon. Aber irgendwo musst du doch die Grenze ziehen. Was nützt dir denn der Ruhm, wenn du tot bist?«

Zoltan zuckte die Achseln.

»Ich kann dir schon jetzt, bloß wegen der Sumitomo-Aktion, einen Auftritt in jeder zweiten Talk-Show im Land besorgen...«

Er stand schwankend auf, hob die Hand und ließ sie wieder fallen. Zwei Wochen auf dem Sumitomo-Gebäude ohne ersichtliche Nahrungsquelle hatten ihn nicht eben gestärkt. Vorher mochte er mager gewesen sein, aber jetzt war nichts mehr von ihm übrig – er war ein Schatten, ein Gespenst, ein mit Stroh ausgestopftes Trikot. »Organisier's«, brummte er aus der Tiefe seines eingefallenen Unterleibes, »zu Talk-Shows gehe ich, wenn ich was zu erzählen habe.«

Es dauerte eine Woche. Ich klapperte jede Fluglinie im

Telefonbuch ab, hörte mir so viele Bitte-warten-Tonbänder an, dass es mir fürs ganze Leben reicht, und sprach mit allen möglichen Leuten, vom Gabelstaplerfahrer bei der KLM bis zum Präsidenten und Aufsichtsratsvorsitzenden von Texas Air. Man begegnete mir mit Spott, Feindseligkeit, Ungläubigkeit und nackter Verachtung. Endlich bekam ich den Flugplaner von Aero Masoquisto, der ecuadorianischen Luftfahrtgesellschaft, an den Hörer. Es würde mich einiges kosten, sagte er, aber er könne den regulären, wöchentlichen Flug nach Quito ein paar Stunden lang aufhalten, während Zoltan sich an die Maschine schnallte und zwei, drei Runden über dem Gelände drehte. Er schlug einen Flughafen in der Nähe von Tijuana vor, wo die Behörden ein Auge zudrücken würden. Gegen entsprechende Bezahlung natürlich.

Natürlich.

Wieder ging ich zu Sol. Ich war bereit, mit der Stirn den Boden zu berühren, ihm die Schuhe zu putzen, ganz egal – doch er überraschte mich. »Das Geld strecke ich schon vor«, krächzte er – vierzig Jahre Flüstern ins Telefon hatten ihm die Stimme ruiniert –, »kein Problem.« Sol war siebzig, sah aus wie fünfzig und hatte seinen eigenen Tisch in der Polo Lounge gehabt, als ich noch nicht mal auf der Welt war. »Wenn er dabei draufgeht«, sagte er mit seiner Reibeisenstimme, »dann haben wir die Rechte auf seine Lebensgeschichte und machen eine kombinierte Marketing-Aktion mit Taschenbuch, Vorabendserie und Action-Puppen draus. Hauptsache, er unterschreibt dir das hier, das reicht.« Er schob mir einen Vertrag über den Tisch. »Und falls er es schafft, was ich bezweifle – ich meine, ich hab in meiner Laufbahn ja schon etliche Irre gesehen, aber dieser Typ ist wirklich was Besonderes –, falls er's schafft, dann kriegen wir Anderthalb-Millionen-Angebote für ihn. So oder so sahnen wir ab, stimmt's?«

»Stimmt«, sagte ich, aber ich dachte an Zoltan, an seine schmächtigen Gliedmaßen, gegen unnachgiebiges Metall gepresst, an den furchtbaren Zug der Schwerkraft und den reißenden Zyklon des Fahrtwindes. Was hatte er schon für eine Chance?

Sol räusperte sich, kippte sich ein paar Pastillen in die Hand und schüttelte sie klappernd wie Würfel. »Du musst nur dafür sorgen, dass die Presse da ist. Hätte ja wenig Sinn, wenn unser Nimrod umsonst draufgeht, stimmt's?«

Ich spürte, wie sich in meinem Bauch etwas verkrampfte.

Sol wiederholte sich: »Stimmt's?«

»Stimmt«, sagte ich.

Zoltan war in voller Montur, als wir auf dem Flughafen von Los Angeles die Maschine bestiegen, begleitet von einer Handvoll Reporter und Fotografen und hundert mürrisch dreinblickenden Ecuadorianern mit Plastiktüten voller Wegwerfwindeln, Kosmetika und Taschenlampenbatterien. Gedacht war es so, dass der Pilot bekannt geben würde, es gebe ein kleines Problem – einen verklebten Lüftungsschlitz oder einen abgebrochenen Griff in der Toilettenspülung, wir wollten ja niemanden in Panik versetzen – und deshalb müsse man zur Reparatur außerplanmäßig zwischenlanden. Nach der Landung würden wir die Passagiere hinausbitten und ihnen im luftigen Flughafengebäude einen Gratisdrink ausgeben, während die Maschine außer Sichtweite rollte und Zoltan seine Show abzog.

Das Problem war nur, dass es kein Flughafengebäude gab. Die Landebahn sah aus, als wäre sie während der mexikanischen Revolution schwer bombardiert worden, im Innern des Flugzeugs hatte es achtunddreißig Grad, draußen auf dem Asphalt knapp fünfzig und zu sehen gab es überhaupt nichts außer Hitzeflirren und stachligen Opuntien. »Was machen wir jetzt?«, fragte ich Zoltan.

Zoltan drehte sich zu mir um und zog den Kinnriemen fest. »Es ist perfekt«, flüsterte er, und dann stand er im Mittelgang, fuchtelte mit den Armen und bat laut um Aufmerksamkeit. Als die Passagiere still waren, redete er auf Spanisch auf sie ein; die Worte sprudelten so rasch hervor, dass man hätte meinen können, er sei ein mexikanischer Diskjockey, und seine Stimme erzeugte einen derartigen emotionalen Sog, wie es ihm auf Englisch nie gelang. Ich weiß nicht, was er ihnen sagte – er hätte sie von mir aus zur Entführung des Flugzeugs anstiften können –, jedenfalls war die Wirkung seiner Worte dramatisch: Als er geendet hatte, sprangen alle von den Sitzen und applaudierten ihm.

Mit schwungvoller Geste riss Zoltan den Notausgang über der Tragfläche auf und begann mit den Vorbereitungen. Blitzlichter flammten auf, Reporter lehnten sich aus der Luke und brüllten ihm Fragen zu – War so etwas je versucht worden? Hatte er sein Testament gemacht? Wie hoch wollte er gehen? – und die Passagiere drückten sich an den Fenstern die Nasen platt. Ich hatte ein Fernsehteam mitgebracht, um die todesmutige Schau für spätere Vermarktung festzuhalten; eine Kamera stellten sie neben dem Rollfeld auf, während eine zweite Zoltan durch ein Fenster des Flugzeugs aufs Korn nahm.

Er verschwendete keine Zeit. Er band etwas rund um die Tragfläche, das aussah wie ein riesiges Bruchband aus Leder, schnallte sich in einem Netz daran fest, zog ein letztes Mal den Kinnriemen an und gab mir dann mit erhobenen Daumen das Startzeichen. Mein Herz raste wie wild. Ein trockener Wind blies durch die offene Luke. Die Hitze kam mir vor wie ein Faustschlag ins Gesicht. »Bist du sicher, dass du das durchziehen willst?«, rief ich.

»Hundertprozentig, alles okay«, rief Zoltan und grinste, während die Reporter sich in dem engen Gang um mich drängten. Dann sagte der Pilot etwas auf Spanisch durch und die Flugbegleiter zogen die Luke zu, schoben die Riegel vor und wiesen uns an, die Plätze einzunehmen. Im nächsten Augenblick dröhnten die großen Motoren und wir sausten die Startpiste entlang. Ich konnte kaum hinsehen. Für mich ist Fliegen bestenfalls eine unvermeidbare Notwendigkeit, eine Gelegenheit, um vergessene Gebete hervorzukramen, wenn ich inmitten eines wüsten, heulenden Gewirrs von Maschinenteilen das Ende aller Freuden vor Augen habe; in schlimmeren Stunden gleicht das Fliegen für mich einem psychotischen Schub, einer Folter durch böswillige Sadisten. Ich spürte, wie die Maschine abhob, hörte die Passagiere aufschreien, und da war er, Zoltan, an den vibrierenden, dröhnenden Flügel geklebt wie eine zusätzliche Schicht Farbe.

Es war ein ergreifender, transzendenter Moment: Kameras surrten, Passagiere johlten, Zoltans Größe übertrug sich auf uns. Es war ein Ereignis, wie es einem nur einmal im Leben geschieht – so als ob man Hank Aaron seinen siebenhundertfünfzehnten Home Run schlagen sieht oder mit dabei ist, wenn Neil Armstrong den Mond betritt. Wir vergaßen die Hitze, vergaßen das Donnern der Motoren, vergaßen uns selbst. Er schafft es, dachte ich, er schafft es wirklich. Und ich glaube, er hätte es auch wirklich durchgezogen, wenn nicht – nun ja, es passierte eben etwas, womit niemand rechnen konnte. Schlichtweg Pech war es, sonst nichts.

Es passierte nämlich Folgendes: Gerade als der Pilot wieder zur Landung ansetzte, tauchte ein großer schwarzer Vogel – ein Bussard, meinte jemand – aus dem Nichts auf und knallte mit einem dumpfen Schlag, der im ganzen Flugzeug widerhallte, gegen Zoltan. Es dauerte nur etwa eine halbe Sekunde. Dieser schwarze Schatten saust heran, es gibt einen Knall und dann ist Zoltans Brille weg und er ist von Kopf bis Fuß mit rohem Fleisch und Federn bekleistert.

Ein Aufschrei ging durch die Kabine. Kleinkinder begannen zu greinen, erwachsene Männer brachen in Tränen aus, eine Nonne fiel in Ohnmacht. Wie gebannt fixierte ich Zoltan. Er hing schlaff in seinem Gurt, während die heiße Luft über die Tragfläche stob und die gezackten gelben Berge, die Kakteen und die pockennarbige Landebahn an ihm vorbeizogen wie der Hintergrund in einem alten Spielfilm. Die Maschine war noch nicht ganz ausgerollt, da rissen wir schon den Notausgang auf und stolperten auf die Tragfläche hinaus. Der Copilot war vor mir, ein Reporter folgte mir auf den Fersen. »Zoltan!«, schrie ich in Panik. Mir war schlecht und ich zitterte. »Zoltan, was ist mit dir?«

Es kam keine Antwort. Zoltans Kopf lag schlaff auf der flachen, harten Tragfläche, seine Augen waren geschlossen, tief eingesunken hinter den runzligen Klappen der Lider. Alles war blutverschmiert. Ich bückte mich, um an den Riemen seiner Fliegermütze zu zerren, während mir der Kopf schwirrte. Ich dachte abwechselnd an Mund-zu-Mund-Beatmung und das Ärzteteam, das ich eigentlich hätte bereithalten sollen, als sich hinter mir jemand hektisch herandrängte. »*Perdóneme, perdóneme*, ich bin ein Doktorrr.«

Einer der Passagiere, ein verhutzeltes Männchen in einem Mickymaus-T-Shirt und Bermudashorts, kniete sich über Zoltan, zog seine Augenlider hoch und fühlte ihm den Puls. Hinter mir hörte ich jemanden schreien. Die Tragfläche war so heiß wie eine Bratpfanne. »Ja, Puls schlägt noch«, verkündete der Arzt und dann machte Zoltan blinzelnd ein Auge auf. »He«, brummte er, »bin ich jetzt berühmt?«

Zoltan behielt Recht: Seine Flugzeug-Show beflügelte die Fantasie des ganzen Landes. Die Agenturen griffen die Story auf, die Nachrichtenmagazine brachten Artikel über ihn – es kam sogar etwas in den Abendnachrichten von CBS. Eine Woche später nannte ihn die Regenbogenpresse die »Reinkarnation von Houdini« und spekulierte über sein Liebesleben. Ich platzierte ihn auf dem Talk-Show-Karussell: Auch wenn er nicht allzu viel zu sagen hatte, er strahlte Charisma aus. In der Sendung von Johnny Carson trat er in seinem Kostüm auf, das zum Markenzeichen geworden war, samt Brille und allem, hinkte leicht und trug den Arm in der Schlinge (als der Vogel gegen ihn geknallt war, hatte er eine leichte Gehirnerschütterung erlitten, sich die Schulter ausgerenkt und eine Kniescheibe war zerschmettert). Carson fragte ihn, wie es so gewesen wäre da draußen auf der Tragfläche, und Zoltan meinte: »Laut.« Und wie war es gewesen, als er zwei Wochen lang oben am Sumitomo-Hochhaus hing? »Langweilig«, brummte Zoltan. Aber Carson rettete sich in Witze über Fluggesellschaften (»Kennen Sie schon den neuen Slogan von China Airlines?« Pause. »Mit unserer langjährigen Bodenerfahrung gehen wir jetzt auch in die Luft.«) und das Publikum kippte fast aus den Stühlen. Werbeleute,

Filmproduzenten, Verlagslektoren und Spielzeughersteller machten uns massenhaft Angebote. In Zoltans Kielwasser konnte ich David Mugillo, meinen Hasenschartenkomiker, mitverpflichten und beim Aufnehmen der Carson-Show durfte auch Bettina Buttons drei Minuten lang über *Tyrannosaurus II* herumnäseln und erzählen, wie lehrreich und erbaulich es für sie gewesen sei, mit einem so sensiblen und behutsamen Regisseur wie Soundso zu arbeiten.

Zoltan hatte es geschafft.

Eine Woche nach seinem Triumph in Carsons Sendung kam er in mein Büro gehumpelt; sein Cape war verschmiert und zerrissen, das Trikot an den Knien durchgescheuert. Er brachte einen sehr markanten Geruch mit sich – den Geruch nach Gullys voller Pisse und fauligen Mülltonnen – und zum ersten Mal ahnte ich, warum er mir nie eine Adresse oder eine Telefonnummer gegeben hatte. (»Wenn du was von mir willst«, hatte er einmal gesagt, »hinterlass einfach eine Nachricht bei Ramon vom Jiffy-Waschsalon.«) Auf einmal sah ich vor mir, wie er sein Pampelmusennetz an der nächstbesten Regenrinne aufhängte und sich darin zum Schlafen einrollte. »Zoltan«, fragte ich, »bist du okay? Brauchst du etwas Geld? Einen Platz zum Schlafen?«

Er ließ sich krachend auf den Besucherstuhl fallen. Hinter ihm an der Wand hing ein in Öl gemaltes offenes Fenster, ein Geschenk vom Bassisten der Mu-Gruppe. Zoltan winkte ab. Dann hob er mit kraftloser Geste die Hand und nahm Mütze und Brille ab. Ich war entsetzt. Er hatte praktisch kein Haar mehr auf dem Kopf, sein Gesicht war vernarbt und zerfurcht wie ein uralter Eishockey-Puck. Er sah aus wie ein Hundertzwölfjähriger. Er sagte kein Wort.

»Na ja«, sagte ich, um das Schweigen zu beenden, »jetzt hast du, was du wolltest. Du bist am Ziel.« Ich packte einen Stapel Fanpost und wedelte damit herum. »Du bist berühmt.«

Zoltan drehte den Kopf und spuckte auf den Boden. »Berühmt?«, höhnte er. »Berühmt ist Fidel Castro. Irving Berlin. Evel Knievel.« Sein Brummen klang jetzt bitter. »Peterbilt«, sagte er plötzlich.

Darauf war ich nicht gefasst. Ich hatte mir gerade ein paar tröstliche Plattheiten überlegt, nun aber konnte ich nur matt wiederholen: »Peterbilt? Die LKW-Marke?«

»Ich will den schwersten Sattelschlepper. Den lautesten und dreckigsten.«

Ich kam nicht ganz mit.

»Von Maine bis nach L. A.«, brummte er.

»Und du willst das Ding die ganze Strecke fahren?«

Er erhob sich schwankend, setzte sich die Mütze wieder auf und klappte die Brille herunter. »Quatsch«, versetzte er. »Ich binde mich an der Achse fest.«

Ich versuchte es ihm auszureden. »Denk doch an die Abgase«, sagte ich, »und was auf der Straße alles im Weg liegt. Schlaglöcher, tote Hunde, Auspufftöpfe. Du hängst einen halben Meter über dem Asphalt, und zwar bei hundertzwanzig, hundertdreißig Stundenkilometern. Verflucht, da reißt dich doch jeder Pappkarton in Stücke.«

Er hörte nicht auf mich. Er wollte die Sache nicht nur durchziehen, sondern sie sollte zeitlich auch noch so abgestimmt sein, dass er genau zum großen Flohmarkt vor der Rose Bowl in Pasadena ankommen würde. Dort wollte er dann unter dem LKW hervorkriechen, ein Motorrad aus dem Laderaum schieben, damit eine Rampe hinaufdonnern und über sechsundzwanzig Sattelschlepper springen, die in der Mitte des Parkplatzes dicht nebeneinander aufgereiht standen.

Ich trug Sol die Idee vor. Das Geld, das er für die Flugzeug-Aktion vorgestreckt hatte, war durch die Verträge schon mehr als zehnmal wieder reingekommen. Und jetzt konnten wir die Sponsoren draußen anstehen lassen. »Er soll einen Pirelli-Aufnäher an seinem Cape anbringen«, krächzte Sol, »das bringt uns Unsummen.«

Sol hatte leicht reden, aber mir behagte die ganze Sache nicht so recht. Schließlich ging es nicht um Trickaufnahmen mit einem Plastik-Dinosaurier oder um eine Komiker-Nachwuchsshow vor besoffenen Zuschauern – wir hatten es mit einem Menschen aus Fleisch und Blut zu tun, einer lebendigen Kreatur. Zoltan war nicht gesund – weder geistig noch körperlich. Die Risiken, die er einging, waren ungesund. Sein Ehrgeiz war ebenso ungesund. Und wenn ich ihm seinen Wunsch erfüllte, war ich nicht besser als Sol: ein Söldner und Makler, der jedem beim Sterben zusah, wenn er nur zehn Prozent der Einnahmen bekam. Ein paar Tage hielt ich mich vom Büro fern und grübelte in Pantoffeln bei mir zu Hause in der Küche darüber nach. Am Ende entschloss ich mich doch dazu – Zoltan würde es so oder so tun und wer konnte wissen, an was für einen Blutsauger er statt meiner geriet?

Ich nahm eine Werbeagentur unter Vertrag, brachte eine große Speditionsfirma dazu, ihn umsonst und für die Gratisreklame zu transportieren, und sagte mir, so sei es am besten. Ich würde mitkommen, den Fahrer wach halten und mich persönlich um Zoltans Wohl kümmern. Und natürlich hatte ich keine Ahnung, ob es klappen würde – Zoltan war ja wirklich erstaunlich, und wenn es jemand schaffen konnte, dann er –, und ich dachte an das Sumitomo-Hochhaus und die Aero Masoquisto und hoffte das Beste.

Wir fuhren bei kaltem Nieselregen aus Bangor, Maine, los. Der Morgen hätte als Kulisse für einen billigen Horrorfilm herhalten können: schwere Regenwolken, düster und neblig, so kalt, dass einem die Nase lief. Als wir durch Portland kamen, bildete der Nieselregen Krusten auf den Scheibenwischern; noch vor New Hampshire waren Graupeln daraus geworden. Der Fahrer war ein Indianer namens Mink – kein Nachname, kein Mittelname, einfach Mink. Er wog über vier Zentner und trug das Haar zu einem Zopf geflochten, der ihm im Rücken bis zu den Gürtelschlaufen hing. Steve, der zweite Fahrer, schlief hinten in der Kabine. »Hör mal, Mink«, sagte ich, während die Scheibenwischer methodisch auf die gefrorene Kruste einpeitschten und die Reifen unter uns auf der Straße sangen, »vielleicht solltest du mal anhalten, damit wir nach Zoltan sehen können.«

Mink verlagerte seine Körpermasse ein Stück nach vorn. »Was, nach Fliegenmensch?«, fragte er. »Kein Stress. Der Typ ist unwahrscheinlich. Ich hab mir die Sache mit dem Flugzeug angesehen. Der überlebt das schon, mit dem Gerät hier hat der keine Probleme – solange ich nicht irgendwo gegen fahr.«

Er hatte die Worte kaum ausgesprochen, da tauchte plötzlich ein Tier – ein riesiges braunes Ding, wie eine Kuh auf Stelzen – aus dem Nebel auf. Erschrocken riss Mink das Lenkrad herum, der Sattelschlepper geriet ins Schleudern, es gab eine Erschütterung wie bei einem Erdbeben, dann war die Kuh auf Stelzen weg, flutschte unter die vordere Stoßstange wie ein Essensbrocken, der in den Ausguss gesaugt wird. Als wir hundert Meter weiter endlich zum Stehen kamen, stand der Anhänger quer zum Fahrerhaus und Minks Hände umklammerten das Lenkrad wie angeschmiedet.

»Was ist passiert?«, fragte ich.

»Ein Elch«, keuchte Mink und setzte einen leisen, atemlosen Fluch hinzu. »Wir sind gegen einen Elch gekracht, verdammt!«

Im nächsten Moment war ich draußen, raste den Anhänger entlang und rief dabei Zoltans Namen. Stunden zuvor, im kalten Morgengrauen von Bangor, hatte ich zugesehen, wie er sein Netz glatt gestrichen und wie ein Trampolin unter dem Chassis des Anhängers aufgespannt hatte, dicht vor den Hinterrädern. Er hatte den Reportern zugewinkt, die sich im Nieselregen versammelt hatten, war geduckt unter dem Wagen verschwunden und in das Netz geklettert. Jetzt fragte ich mich mit jagendem Herzschlag, was wohl ein Elch einer so labilen Aufhängung hatte anhaben können. »Zoltan!«, schrie ich und kniete nieder, um in das Dunkel unter dem Anhänger zu spähen.

Kein Elch weit und breit. Zoltans Kokon war unbeschädigt und er selbst ebenso. Er lag auf der Seite, ein dünner embryonaler Klumpen, der sich aus dem Stahl und dem Dreck herausbeulte. »Was denn?«, brummte er.

Ich stellte ihm die Frage, die ich ihm offenbar immer stellte: War er okay?

Es dauerte einen Moment – er musste erst seine Hand herausschälen –, aber dann zeigte er mit dem Daumen nach oben. »Alles okay«, sagte er.

Den Rest der Fahrt – durch den eisigen Mittelwesten, die windgepeitschten Rocky Mountains und das glühend heiße Stück zwischen Tucson und Gila Bend – tat sich nichts mehr. Für mich jedenfalls nicht. Ich schlief, aß in Fernfahrer-Rasthäusern einen Fraß, der einem die Magenschleimhaut wegätzte, und hörte zu, wie Mink oder Steve – beider Gesprächsthemen waren austauschbar – schwärmerisch erzählten: von Harley Davidsons, von getunten Camaros oder von Frauen, die einem den Hintern entgegenstreckten, auf dem sie »Gib Gas, ich will Spaß« eintätowiert hatten. Für Zoltan war es ein ganz normaler Job. Wenn er unter Kälte oder Hitze litt, unter Dornensträuchern, Bierdosen und Hamburger-Schachteln, die Tag und Nacht an seinem armen, dürren Fetzen von Körper abprallten, dann erwähnte er es nie. Getreu seinem Image verweigerte er Speis und Trank – obwohl ich den Verdacht hegte, er müsse etwas in seinem Cape versteckt haben – und kletterte kein einziges Mal aus dem Kokon, nicht einmal, um seine Notdurft zu verrichten. Drei Tage und drei Nächte, nachdem wir in Maine aufgebrochen waren, lenkten wir den mächtigen Sattelschlepper durch die Straßen von Pasadena und auf den Parkplatz vor dem Rose-Bowl-Stadion, genau wie geplant.

Dort hatte sich eine ansehnliche Menschenmenge versammelt, obwohl sich unmöglich sagen ließ, ob sie nun wegen des Flohmarkts, wegen der Heavy-Metal-Band, die wir engagiert hatten, um Zoltans Vorstellung ein bisschen aufzumöbeln, oder wegen der Akrobatik-Nummer selbst gekommen waren, aber wen kümmerte das schon? Auf jeden Fall waren sie da. Genau wie diverse TV-Teams von »Action-News«, Souvenir-Händler und Hot-dog-Verkäufer. Ächzend und mit Schweißperlen auf dem Gesicht rangierte Mink den Laster hinter die fünfundzwanzig anderen, wobei er sich Mühe gab, so dicht wie möglich an den nächsten heranzufahren: Ein paar Zentimeter konnten über Zoltans Leben entscheiden und wir alle wussten das.

Ich führte einen Trupp Kameraleute ans hintere Ende des Lastzuges, damit sie Zoltan dabei filmen konnten, wie er aus seinem Pampelmusennetz herauskroch. Erst als sie alle versammelt waren, bewegte er sich, schüttelte die Kruste aus toten Insekten und Straßendreck, Papierschnipseln und Zellophanstücken ab, setzte erst den einen knochigen Fuß auf den Asphalt, dann den andern. Seine Augen glänzten fiebrig hinter den Gläsern seiner Schutzbrille, und als er unter dem Chassis hervortaumelte, musste ich ihn am Arm packen, damit er nicht stürzte. »Na, und wie fühlt man sich, wenn man die Landstraße erobert hat?«, fragte ein Reporter mit frisch geföntem Haar und makellosen Zähnen, während er mit seinem Mikrofon zustieß. »Was war Ihr schlimmstes Erlebnis dabei?«, fragte ein anderer.

Zoltans Beine waren wie Gummi. Er stank nach Diesel, das Cape hing in Fetzen, das Gesicht war mit Schweiß und Schmieröl bedeckt. »Sechsundzwanzig Lastwagen«, brummte er. »Der Fliegenmensch ist unbezwingbar.«

Und dann legte die Heavy-Metal-Band los – Rauchbomben, Megadezibel, Dschungelgekreische, das volle Programm –, und ich ging mit Zoltan in die Garderobe. Eine Dusche lehnte er ab, aber wenigstens ließ er sich von einer Maskenbildnerin Gesicht und Hände waschen. Sein altes Kostüm mussten wir ihm geradezu herunterschneiden – er war zu erschöpft, um sich auszuziehen –, und dann half ihm das Mädchen in die neuen Sachen, die ich extra für diese Gelegenheit hatte machen lassen. »Sechsundzwanzig Lastwagen«, murmelte er immer wieder vor sich hin. »Alles okay.«

Ich redete ihm zu, das Ganze abzublasen. Ehrlich. Er war nicht ganz richtig im Kopf, das sah jeder. Und dazu war er erschöpft, zerschlagen, ausgehungert und hilflos wie ein Flüchtling. Aber er wollte nichts davon wissen. »Sechsundzwanzig Lastwagen«, brummte er, und als ich in letzter Minute ein hektisches Telefongespräch mit Sol führte, verschluckte der fast den Hörer. »Na, aber klar wird er das durchziehen!«, brüllte er. »Schließlich warten die Sponsoren drauf! Die Typen von ABC-Sport wollen die Bilder haben, verdammt!« Es entstand eine wütende Stille, während der Sol hörbar Halspastillen schluckte, dann legte er auf.

Letztlich zog es Zoltan dann doch durch. Mink ließ krachend die Ladeklappe herunter, Zoltan warf die Maschine an – eine speziell umgebaute Harley Sportster mit Gasdruckstoßdämpfern und frisiertem Motor –, und einer unserer Männer gab der Band das Zeichen, sich einzubremsen. Es gab einen dynamischen Effekt, als die Musik abrupt in ein wummerndes Schlagzeug-Bass-Thema überging und als Kontrapunkt dazu das Röhren des großen Motorrads anhob ... und dann fuhr Zoltan aus dem Anhänger, sein Cape flatterte steif im Wind, die Brille funkelte, die Reifen quietschten. Er drehte drei Runden um den Platz, fuhr dicht an der Reihe der LKWs vorbei und wich der Rampe mit einem leichten Schlenker aus, tief nach vorn geneigt und über dem Lenker federnd. Aller Augen waren auf ihn gerichtet. Plötzlich reckte er die knochige Faust in die Höhe, beschrieb einen weiten, geschwungenen Bogen um die Lastwagen, der ihn bis ans andere Ende des Platzes brachte, und nahm dann Anlauf auf die Rampe.

Er war ein verschwommener Schemen, er war nichts, er war unsichtbar, ein rasendes Etwas im Dröhnen des Motors. Ich sah etwas – einen Schatten – sich in die dichte braune Luft emporkatapultieren und eine Führerkabine nach der anderen zog unter ihm vorbei, das Glitzern von Chrom in der Sonne, fünfzehn Lastwagen, zwanzig, fünfundzwanzig, und dann der Anblick, der mich bis zum heutigen Tag verfolgt. Plötzlich war der Schatten verschwunden und dafür erschien ein Fleck auf der Breitseite des letzten Lasters, jenes Lasters, mit dem wir quer durch das Land gefahren waren, auf Minks Sattelschlepper, und dann, zur gleichen Zeit, das Krachen: ein einziger, donnernder Knall, als wäre die größte Trommel der Welt geplatzt, gefolgt vom abrupten Verstummen des röhrenden Motors und dem traurigen, stückweisen Geklapper metallener Einzelteile.

Diesmal hatten wir natürlich medizinischen Beistand, die besten Leute sogar: Sanitäter, Notfallspezialisten, Krankenwagen. Aber es hatte alles wenig Sinn. Als ich mich durch die Menge der Schaulustigen rings um Zoltan gekämpft hatte, sah ich ihn wie ein Bündel geknickter Zweige auf dem Asphalt liegen. Das Cape hatte sich ihm um den Hals gewickelt und seine Glieder – die kläglichen Stäbchen seiner fleischlosen Arme und Beine – waren verdreht wie bei einer kaputten Puppe. Ich beugte mich über ihn, als die Sanitäter gerade mit der Trage kamen. »Nächstes Mal fünfundzwanzig Lastwagen«, flüsterte er, »versprich's mir.«

Blut rann ihm aus Ohren, Nasenlöchern und Augenhöhlen. »Ja«, sagte ich, »ja. Fünfundzwanzig.«

»Kein Problem«, keuchte er, als sie die Trage unter ihn schoben, »der Fliegenmensch ... überlebt ... alles.«

Drei Tage später begruben wir ihn.

Für ein Begräbnis war es eine recht einsame Angelegenheit. Sein Onkel, ein Mann über siebzig, in dessen Gesicht die Zeit ihr tristes Gekritzel hinterlassen hatte, war der einzige Trauergast. Die Medien hielten sich zurück, obwohl das Video von Zoltans Finale mehrmals gesendet worden war und jede zweite Zeitung im Land die Momentaufnahmen brachte. Mich hatte das Ganze sehr erschüttert. Sol gab mir eine Woche frei und ich betrieb echte Seelenforschung. Eine Zeit lang dachte ich sogar daran, die Unterhaltungsbranche ganz an den Nagel zu hängen, aber dann wurde ich unwillkürlich doch wieder hineingezogen. Es war, als wollte jeder ein Stück von Zoltan. Und als ich unter dem ständigen Läuten meines Telefons anfing, die Briefe, Telegramme und dringenden Bitten um Rückruf durchzugehen, während die Sonne durch die Fenster meines neuen, gut ausgestatteten und durchgestylten Büros schien, wurde mir langsam klar, dass ich es Zoltan schuldig war, diese Wünsche zu erfüllen. Das war es schließlich, was er gewollt hatte.

Wir machten dann eine Zeichentrickserie, dazu gab's die üblichen Action-Puppen, T-Shirts und so weiter. Den Produzenten kannte ich – Sol lobte ihn über den grünen Klee –, und ich wusste, dass er saubere Arbeit leisten würde. Tatsächlich war die Serie sofort ein Publikumshit und sie wird bis heute fortgesetzt. Manchmal stehe ich am Samstagvormittag extra auf und schalte die Kiste an, um mir anzusehen, wie die zappelnden Figuren vor dem Hintergrund von Raffgier und Korruption agieren, während der Fliegenmensch unbestechlich nach oben strebt, sich Zentimeter um Zentimeter zur Spitze emporhangelt.

# Ende der Nahrungskette

Also Folgendes, wir hatten da unten ein kleines Problem mit Insekten als Krankheitsüberträgern, und glauben Sie mir, dieses schwächere Zeug – Malathion und Pyrethrum und alle anderen so genannten umweltfreundlichen Produkte –, das alles hat überhaupt nicht geholfen, null Wirkung, total nutzlos – ebenso gut hätten wir Chanel N°5 versprühen können, das hätte auch nicht mehr gebracht. Man muss bedenken, dass die Menschen da Tag und Nacht buchstäblich von Insekten bedeckt waren – und dass sie kaum Kleidung auf dem Leib trugen, verschärfte das Problem natürlich noch. Meine Herren, wenn Sie können, stellen Sie sich einen nackten kleinen Jungen vor, zwei Jahre alt und ganz schwarz von Fliegen und Moskitos, so dass er aussieht, als hätte er Trainingshosen an, daneben seine junge Mutter, derart von der Malaria geschüttelt, dass sie nicht mal eine Diet Coke zum Mund heben kann – es war entsetzlich, einfach entsetzlich, wie im tiefsten Mittelalter... Na, jedenfalls wurde die Entscheidung getroffen, DDT einzusetzen. Kurzfristig. Nur um die Situation erst mal unter Kontrolle zu bringen, Sie verstehen.

Ja, so ist es, Senator, *DDT*: Dichlordiphenyltrichloräthan.

Ja, dessen bin ich mir bewusst, Sir. Aber nur, weil *wir* es für den Inlandsmarkt verboten haben, und zwar unter dem Druck von Vogelschützern und ein paar Haschbrüdern bei der Umweltbehörde, heißt das ja nicht automatisch, dass auch alle anderen Länder – vor allem die Entwicklungsländer – gleich auf diesen Zug aufspringen müssen. Und genau das ist das Schlüsselwort, Senator: *Entwicklung*. Man muss sich mal klarmachen, dass wir hier von Borneo reden, nicht von Port Townsend oder Enumclaw, Washington. Die Menschen dort haben keinen Schimmer von sanitären Einrichtungen, Schädlingsbekämpfung, Krankheitsvorsorge – ja nicht mal von Körperpflege und Hygiene, wenn wir's auf den Punkt bringen wollen. Da kommen im Jahr dreitausend Millimeter Niederschläge runter, Minimum. Diese Leute graben sich im Urwald Wurzeln aus der Erde. Liebe Güte, am Oberlauf des Rajang gibt's heute noch Kopfjäger.

Und vergessen Sie bitte nicht, dass die uns um unseren Einsatz *gebeten*, ja geradezu angebettelt hatten – und nicht nur die Weltgesundheitsorganisation, sondern auch der Sultan von Brunei und die Regierung in Sarawak. Wir taten, was wir konnten, um ihrem Wunsch nachzukommen und unser Ziel in kürzester Zeit und mit möglichst durchgreifenden, wirksamen Mitteln zu erreichen. Also auf dem Luftweg. Logisch. Und *niemand* hätte die Konsequenzen voraussehen können, niemand, selbst wenn wir hergegangen wären und hundert solcher Umweltverträglichkeitsberichte hätten erstellen lassen – das ist ganz einfach passiert, eine Laune des Schicksals, und davor kann man sich nicht schützen. Jedenfalls nicht, dass ich wüßte ...

Raupen? Ja, Senator, das ist zutreffend. Das war das erste Zeichen: die Raupen.

Aber lassen Sie mich da bitte etwas weiter ausholen. Sehen Sie, da draußen im Busch haben sie diese Dächer, die mit Palmwedeln gedeckt sind – die sieht man übrigens auch in den Städten, sogar in Bintulu und Brunei –, und die sind sogar ziemlich effektiv, Sie würden staunen. Dreitausend Millimeter Regen, da müssen die sich schon was ausdenken, damit das nicht alles in die Hütte fließt, und seit Jahrhunderten funktionierte das mit den Palmwedeldächern. Na, also, etwa einen Monat nachdem wir zum letzten Mal gesprüht hatten, ich sitze gerade in meinem Wohnanhänger am Schreibtisch, denke über das Entwässerungsprojekt in Kuching nach und genieße es sehr, dass ich erstmals seit ungefähr einem Jahr nicht dauernd Massen von Moskitos auf meinem Nacken totschlagen muss, da klopft es an der Tür. Herein kommt ein älterer Herr, von Kopf bis Fuß tätowiert, bekleidet mit nichts als einem Paar Sportshorts – diese Shorts lieben sie übrigens, den glänzenden Stoff und die sauberen Maschinennähte, das ganze Land steht drauf, Männer, Frauen, Kinder, die können gar nicht genug von den Dingern kriegen ... Na, jedenfalls ist er das Oberhaupt des Nachbardorfs und er ist sehr aufgeregt, irgendwas wegen einem Dach – *atap* ist das Wort dafür. Sonst sagt er nichts, nur *atap*, *atap*, immer wieder.

Es regnet natürlich. Da regnet's immer. Also streif ich mir die Regenhaut über und werf meinen Vierradantrieb an, um's mir anzusehen. Und tatsächlich, alle diese *atap*-Dächer sind am Einkrachen, nicht nur in seinem Dorf, sondern in unserem gesamten Zielgebiet. Die Menschen sitzen zusammengekauert in ihren Turnhosen herum, ziemlich jämmerlicher Anblick, und ein Dach nach dem anderen fällt zusammen, höchst eigenartig, und langsam bemerke ich, dass in der Tirade des Häuptlings eine neue

Vokabel aufgetaucht ist, die mir damals noch nicht geläufig war – wie sich herausstellte, das Wort für »Raupe« im Iban-Dialekt. Aber wer konnte schon die Verbindung herstellen zwischen den eingestürzten Dächern und der Tatsache, dass wir dreimal kurz mit dem Giftflieger übers Dorf gedüst waren?

Nach ein paar Wochen haben unsere Leute die Sache dann geklärt. Das Präparat, mit dem übrigens die Anzahl der Moskitos exponenziell reduziert werden konnte, hatte leider die Nebenwirkung, auch eine kleine Wespe zu eliminieren – ich hab den wissenschaftlichen Namen irgendwo hier in meinem Bericht, falls er Sie interessiert –, die sich von einer bestimmten Raupe ernährt, die ihrerseits wiederum Palmwedel frisst. Tja, und als die Wespen weg waren, vermehrten sich die Raupen völlig ungehemmt und zerfraßen im Nu die Dächer, sehr bedauerlich, das gestehen wir ein, und wir mussten auch unser Budget stark überziehen, weil wir diese Dächer dann mit Wellblech erneuert haben ... aber die Leute dürften glücklich damit sein, denke ich, auf lange Sicht jedenfalls, denn machen wir uns nichts vor, egal, wie eng man diese Palmwedel auch flicht, so gut wie Blech werden sie das Wasser nie abhalten. Sicher, man kann nicht alles haben, und wir kriegten dann eine Menge Beschwerden, weil der Regen so laut auf das Metall prasselte, die Leute nicht mehr schlafen konnten, und so weiter und so fort ...

Ja, Sir, das ist zutreffend – als Nächstes kam die Fliegenplage.

Nun, zunächst einmal müssen Sie das Ausmaß des Fliegenproblems in Borneo begreifen, das ist mit unseren Zuständen hier nicht zu vergleichen, außer vielleicht bei einem Streik der Müllabfuhr in New York. Da unten hat man den ganzen Tag lang ständig überall Fliegen – in der Nase, im Mund, in den Ohren und den Augen, Fliegen im Reis, in der Coca, im Singapore Sling und im Gin Rickey. Es ist zum Wahnsinnigwerden – ganz zu schweigen von den Krankheiten, die diese Viecher übertragen, von Amöbenruhr über Typhus bis Cholera und wieder zurück. Und nachdem die Moskitopopulation geschrumpft war, schienen sich die Fliegen besonders schnell zu vermehren, um die Lücke zu füllen – Borneo wäre nicht Borneo, wenn nicht irgendwelche verfluchten Insekten die Luft schwärzten.

Nun hatten unsere Leute damals das Problem mit den Raupen und den Wespen und so weiter noch nicht so genau aufgedröselt, also dachten wir uns: Mit den Moskitos hat's doch prima geklappt, warum nicht gleich eine gründliche Bodenaktion hinterher? Und rauf mit dem Kompressor auf die Ladepritsche unseres Suzuki und die Hütten alle ausgesprüht, von den offenen Sickergruben gar nicht zu reden, die ja, wie Sie sicher wissen, ideale Brutstätten für Fliegen, Zecken und alle möglichen anderen stechenden Insekten sind. Immerhin lag unser Irrtum im Tun und nicht im Lassen. Wir haben's wenigstens versucht.

Ich hab selbst gesehen, wie es die Fliegen umgehauen hat. Eben noch schwirrten sie so dicht in meinem Wohnanhänger herum, dass ich meine Notizen nicht einmal *finden* konnte, geschweige denn damit arbeiten, und auf einmal versammelten sie sich alle an den Fenstern und taumelten wie betrunken herum. Am nächsten Tag waren sie weg. Einfach so. Von einer Million Fliegen im Anhänger auf null ...

Ja, aber das konnte doch niemand vorhersehen, Senator. Die Geckos fraßen die Fliegen, richtig. Sie alle wissen, wie Geckos aussehen, meine Herren? Das sind diese Eidechsen, die Sie im Urlaub auf Hawaii bestimmt schon beobachtet haben, sehr farbenprächtige Tiere, die in den Häusern Jagd auf Schaben und Fliegen machen, beinahe wie Haustiere, aber natürlich sind das wilde Kreaturen, das darf man nicht vergessen, und außerdem so ziemlich das Unhygienischste, was ich mir vorstellen kann – außer vielleicht Fliegen.

Natürlich, Sir, aber vergessen Sie bitte nicht, dass wir das jetzt in der Rückschau betrachten und mittlerweile hundertprozentig informiert sind, aber damals hat doch kein Mensch einen Gedanken an Geckos und was die nun fressen sollen verschwendet – die Viecher waren nichts weiter als eine von vielen Begleiterscheinungen des tropischen Lebens. Moskitos, Eidechsen, Skorpione, Blutegel – was man sich nur vorstellen kann, das gibt's da. Und als die Fliegen sich nun wie Treibgut auf den Fenstersimsen anhäuften, fielen die Geckos natürlich über sie her, stopften sich mit dem Zeug voll, bis sie aussahen wie dicke Würstchen, die an den Wänden entlangwuselten. Vorher flitzten sie immer so flink davon, dass man nie recht sicher war, ob man sie überhaupt gesehen hat, aber plötzlich watschelten sie träge über den Boden, hockten reglos in den Ecken und klebten an den Luftschlitzen wie Magneten – und auch da hat noch niemand groß auf sie geachtet, bis sie auf einmal mit dem Bauch nach oben auf der Straße rumlagen. Das können Sie mir glauben, wir haben damit vieles bestätigt, was man über die Kumulation dieser Stoffe im Zusammenhang mit der Nahrungskette ahnte und auch über die Wirksamkeit – beziehungsweise Wirkungslosigkeit – gewisser Methoden, kein Zweifel...

Die Katzen? Tja, da wurde es dann heikel, wirklich heikel. Sehen Sie, wegen einem Haufen toter Eidechsen hatte ja kein Mensch schlaflose Nächte – obwohl wir routinemäßig Tests durchführten, und diese Tests bestätigten auch unsere Vermutungen, nämlich dass der chemische Stoff in den Geckos konzentriert war, schlicht und einfach wegen der vielen vergifteten Fliegen, die sie gefressen hatten. Aber Echsen sind eine Sache und Katzen eine andere. Die Menschen dort sind in ihre Katzen richtiggehend verliebt – kein Haus, keine Hütte, egal, wie primitiv, wo nicht mindestens zwei Katzen rumlaufen. Es sind zwar ganz abgemagerte Viecher, langbeinige Gerippe, nicht wie die Tiere, die man bei uns hier sieht, aber egal, sie lieben ihre Katzen. Weil die Katzen nämlich eine Funktion haben – ohne Katzen hätten sie nämlich innerhalb einer Woche Unmengen von Ratten im Haus.

Ja, genau, Senator, da haben Sie Recht – genau das ist passiert.

Sehen Sie, die Katzen hatten einen Riesenspaß mit diesen schlaffen Geckos – wer je selber eine Katze hatte, der kann sich vorstellen, welche Freude diese Tiere empfunden haben müssen, als sie diese ultrafixen Eidechsen sahen, gegen die sie sonst nie eine Chance hatten und die auf einmal auf dem Fußboden rumkriechen wie die Käfer. Tja, um es kurz zu machen, die Katzen fraßen alle toten und sterbenden Geckos im ganzen Land auf, ratzeputz – und dann fingen die Katzen an zu sterben ... was mir persönlich ja immer noch nicht so viel ausgemacht hätte, wären da nicht die Ratten gewesen. Plötzlich waren überall Ratten – man konnte keine Straße entlangfahren ohne ein halbes Dutzend auf einmal platt zu walzen. Sie schissen die Getreidelager voll, ersoffen in den Brunnen, bissen schlafende Säuglinge in der Wiege. Aber das war nicht das Schlimmste, noch lange nicht. Nein, so richtig lief die Sache erst kurz darauf aus dem Ruder. Nach einem Monat erhielten wir die ersten vereinzelten Berichte über Beulenpest und natürlich sind wir jedem einzelnen Fall nachgegangen und haben dafür gesorgt, dass diese Leute eine durchschlagende Behandlung mit Antibiotika kriegten, aber trotzdem sind ein paar gestorben und die Ratten wurden immer mehr...

Es war mein Plan, ja. Eines Nachts überlegte ich hin und her, die Ratten wuselten in meinem Wohnanhänger herum wie in einem billigen Horrorfilm, die Dorfbewohner waren in heller Panik wegen der Pestgefahr und einer ununterbrochenen Flut von hysterischen Meldungen aus dem Landesinneren – über Leute, die sich schwarz verfärbten, innerlich anschwollen und dann platzten, solche Geschichten eben. Na ja, wie gesagt, da hatte ich diesen Plan, die Lösung des Problems – nicht vollkommen, und billig war's auch nicht –, aber in dieser Lage, da werden Sie mir beipflichten, musste etwas getan werden.

Am Ende haben wir sogar in Australien gesucht, um genügend Katzen aufzutreiben, aus Tierschutzheimen und so – obwohl wir die meisten in Indonesien und Singapur bekamen, insgesamt an die vierzehntausend Tiere. Billig war das natürlich nicht – wir mussten für die Katzen bezahlen, dann für den Flugzeugtreibstoff, die Überstunden der Piloten und noch Etliches mehr –, aber uns war klar, dass es keine Alternative gab. Es war, als wäre die ganze Natur auf uns losgegangen.

Trotzdem, letztlich haben wir den USA doch eine Menge Freunde eingebracht, als wir dann die Katzen abgeworfen haben – und das hätten Sie sehen sollen, meine Herren, diese Miniaturfallschirme mit den improvisierten

Gurten, gleich vierzehntausend davon: Katzen in allen Farben des Regenbogens, Katzen mit nur einem Ohr, gar keinem Ohr, einem halben Schwanz, mit drei Beinen, und Katzen, die einen Schönheitspreis in Springfield, Massachusetts gewonnen hätten, und alle zusammen trudelten aus dem Himmel herab wie riesige, überdimensionierte Schneeflocken ...

Das war vielleicht ein Anblick. Wirklich.

Natürlich haben Sie alle die Berichte gelesen. Es gab noch andere Faktoren, mit denen wir nicht rechnen konnten, Ernteeinbußen bei Reis und Maniok – wir wissen bis heute nicht, welche Spezies wir da mit der ursprünglichen Sprühaktion versehentlich ausgerottet haben, das bleibt wohl ein Rätsel –, aber das Getreide wurde in diesem Jahr von Rüsselkäfern und ähnlichem Viehzeug dezimiert, und als wir die Katzen endlich abwarfen, hatten die Menschen dort schon mächtig Hunger, und so war es wohl unvermeidlich, dass ein ziemlicher Prozentsatz der Tiere gleich wieder verloren ging. Aber wir haben da jetzt ein CARE-Projekt laufen, außerdem hat sich die Rattenpopulation irgendwas eingefangen – wir wissen noch nicht genau was, wahrscheinlich ein Virus –, und wie ich höre, erleben die Geckos gerade ein Comeback.

Also, meine Herren, was ich sagen will: Es könnte schlimmer sein und zu jeder Wolke gehört ein Silberstreif am Horizont, meinen Sie nicht auch?

# Der Polarforscher

## 1. *Tag*

*Abreise*

In voller Dienstuniform steht er am Bug des kleinen Zweimasters ›Endeavor‹, kerzengerade wie der Mast, der hinter ihm aufragt, und hebt den Arm zum Gruß an die wenigen Menschen, die sich zu seiner Verabschiedung am Strand der Upper Bay versammelt haben. In dieser perfekten Positur, mit makelloser Uniform und gezwirbeltem Schnurrbart, gibt er den hervorragenden Helden ab, eine reinkarnierte Mischung aus Henry Hudson, John Paul Jones und El Cid.

Sein feierlicher Blick mustert prüfend das flaggen- und fahnenlose Ufer. Ein schwaches Aufgebot, sinniert er, für eine so gewichtige Gelegenheit. Immerhin bricht er nun tatsächlich auf ins frostige Unbekannte, jenseits aller kartografischen Grenzen, um Gegenden zu erkunden, deren Existenz allein nicht mehr als ein Gerücht ist. Doch dies ist wohl, so nimmt er an, das Los aller Helden: praktisch unbeachtet von der selbstzufriedenen Gegenwart, verehrt immer erst von der Nachwelt. Diese glotzäugigen Rindviecher! Würde man jedes Mal auf die warten, wäre Kentucky noch heute eine Wildnis.

Jenseits der Meerenge der offene Atlantik, der im lauen Juniwind angenehm unter den Planken stampft. Captain John Pennington Frank (Dr. med., U.S. Navy) atmet tief durch, schließt die Augen und nimmt die Mütze ab, um sich die Brise durchs Haar prickeln zu lassen. Dabei werden die letzten Konfettiplätzchen vom Wind erfasst und nach steuerbord geweht (es ist das Konfetti, das seine Mutter und seine zwei unverheirateten Schwestern vor gerade einer halben Stunde feierlich über ihm ausgestreut hatten, als die Brigg im Marinehafen von Brooklyn ablegte). Wie ein Ishmael, der zu lange an Land war, spürt er jetzt, wie die salzige Brise den alten Seefahrerschneid in ihm wachruft: Ah ja! Das offene Meer! Abenteuer! Der Mensch im Kampf gegen die Elemente! In diesem Moment schlingert das Schiff mit dem Bug in ein Wellental und die Meditationen des Kapitäns werden von einer eisigen Ohrfeige unterbrochen. Von dem Schlag verdattert, kneift er die Augen zusammen und taumelt nach vorn gegen die Reling; seine Mütze fliegt ihm aus der Hand und segelt in elegantem Bogen in die schaumige Gischt weiter unten. Als er die Beherrschung wiederfindet, blickt er sich verstohlen um, ehe er nach seinem Taschentuch tastet; dankbar vermerkt er, dass niemand von der Mannschaft zugesehen hat. Da nun die Zeremonien vorbei sind und die Reise begonnen hat, zieht sich der Kapitän in seine Kajüte zurück, wo die blütenweißen, sauber linierten Seiten des Logbuchs auf ihn warten. Von der Polarnacht weiß er natürlich noch gar nichts.

*Logbuch des Kapitäns – 2. Juni*

Um 11.00 Uhr Ostküstenzeit im Hafen von N. Y. unter Segel gegangen. Verabschiedungen von Mama, Evangeline und Euphonia, nebst einer nicht unbeträchtlichen Menschenmenge. Beim Passieren der Meerenge von Brooklyn kamen wohl an die zehntausend zusammen, wie ich meinen mochte, um uns zuzujubeln. Herzerfrischend, welch tiefe Ehrfurcht und welches Wohlwollen die Bürger dieses großen Landes unserem Unternehmen entgegenbringen.

Unsere Expedition besteht aus fünfzehn Mann: acht Offiziere (mich eingeschlossen), fünf Matrosen, der Koch Phillip Blackwark und der Kabinensteward Harlan Hawkins. An Vorräten führen wir unter anderem eine ausreichende Menge an Marinationen von gepökeltem Rind- und Schweinefleisch mit, dazu Schiffszwieback, mehrere Kisten Kartoffelmehl, zweitausend Pfund Pemmikan, reichlich Trockenobst und zwölf Fässer mit eingelegtem Kohl. (Heimlich habe ich überdies etliche Partyhüte und Faschingströten eingelagert, mit denen ich die Mannschaft während der winterlichen Gefangenschaft aufzuheitern gedenke.) Ich rechne damit, etwa am zwanzigsten des Monats die Nordküste Neufundlands zu erreichen. Dort werden wir unsere Vorräte mit frischem Rindfleisch auffüllen, sofern Gott und Gouverneur Pickpie uns dies gestatten.

*Völlerei in Anoatuk*

Kresuks nackte Brust ist über und über mit Blut bespritzt, sein Gesicht verschmiert, das ölige schwarze Haar um seine Wangen mit Blut und Vogelfett verklebt. Mit den Schneidezähnen reißt er die purpurrote Ader am Brustbein auf, seine Lippen saugen an den Fleischfetzen, die noch an den rosa Rippenknochen haften. Während er daran nagt, klatscht ihm die Vogelbrust mit den herabhängenden Muskellappen gegen das glitschige Handgelenk. Neben seinem nackten Oberschenkel liegen die Überreste von neun Eiderenten, sein Knie verdeckt eine triefende Gurgel und einen Brustkorb. Sein rechtes Nasenloch ist mit weißen Fettklumpen und Stückchen von rohem Fleisch verstopft.

Uuniak, sein Weib, schlägt geduldig Lummeneier auf und leert den Inhalt in den gähnenden Schlund von Sip-su, ihrem zurückgebliebenen Sohn. Den Mund weit aufgerissen, den Kopf in den Nacken geworfen, sitzt Sip-su da wie ein junger Vogel im Nest, der den Himmel um Futter anbettelt. Fünf Winter schon, denkt Kresuk, und mustert seinen Sohn missbilligend. Einen geb ich ihm noch. Dann streckt er sich seufzend aus, den Kopf in einen Berg blutiger Federn gebettet. Er furzt. Stochert in den Zähnen. Und denkt an Walrösser, Bartrobben, Narwale. Er hat keine Ahnung von der Existenz des Hafens von New York 4500 Kilometer weiter südlich und er hat auch keine Ahnung von der Brigg ›Endeavor‹, die in diesem Moment Kurs nach Norden hält, um die stillen Gewässer seines Lebens aufzuwühlen. Wohl gibt es Legenden über Stämme von hageren, bleichen Menschen, aber Kresuk hat keine Zeit für Legenden – die lange Nacht, die Zeit von gefrorenem Eis, von Schrecken und Mut ist vorüber, und die Vögel sind nach Anoatuk zurückgekehrt.

*Diner in St. Johns, Neufundland*

(Zartes Klirren von Silberbesteck, Porzellan und Kristallglas untermalt das Gespräch.)

Oh, köstlich. Wissen Sie, wie lange ich meinen Gaumen nicht mehr mit diesen Köstlichkeiten des Nordens gekitzelt habe? Ach, das muss '47 gewesen sein – ich glaube, es war oben in Finnland.

Aber bedenken Sie, Captain, ich bekomme so etwas selbst nur zu ganz besonderen Gelegenheiten. Sie werden ja wohl nicht annehmen, ich stopfe mich jeden Tag mit pochierter Wapitizunge voll –

Nein, nein, nein. Und ich fühle mich zutiefst geschmeichelt, dass Sie unseren Besuch als eine dieser besonderen Gelegenheiten ansehen, Gouverneur Pickpie... das hier, diese Dinger riechen irgendwie nach Ente – was ist das?

Wir nennen sie Neufundland-Nüsse: die Genitalien des Moschusochsen, in Portwein geschmort. Noch ein Schlückchen von dem Roten?

Ja, gern, vielen Dank... Ganz schmackhaft, diese Nüsschen. Ho. Ho-ho.

Und haben Sie schon den geräucherten Lachs in saurer Sahne probiert? Oder den Löffelkrautsalat?

Hmm, ja. Vorzüglich. Wissen Sie, Gouverneur Pickpie, ich glaube, allein die Erinnerung an dieses Festmahl wird uns über den langen Winter bringen, der uns bevorsteht.

Sehr freundlich von Ihnen, Sir. Auf jeden Fall wünsche ich Ihnen mehr Erfolg als der letzten Expedition, die hier durchkam – das war Sir Regis Norton mit seinen Leuten.

Ach?

Tja. Ihr Schiff wurde vor kaum einem Monat von einem

schwedischen Pelzhändler gefunden, alle Mann mausetot, steinhart gefroren unter einer dicken Eisschicht – konserviert wie ein Fass mit eingelegten Gurken.

*Daunenweich*

Kresuk lächelt vor sich hin, um ihn herum grelle Sonne, gleißendes Spiegeln, Vogelgezeter. Er bückt sich, um die Eiderdaunen rings um die Entennester einzusammeln, hie und da hält er inne, bohrt mit dem Finger ein Loch in ein Ei und schlürft es aus. Uuniak kauert auf einem flechtengesäumten Felsen und stopft einen neuen Schlafsack aus Walrosshaut mit Eiderdaunen und den Bürzelfedern der Küstenseeschwalbe. Neben ihr sitzt Sip-su: ein sabberndes Mondgesicht, das ins Leere glotzt. Was ein richtiger Sohn sein will, der arbeitet, denkt sich Kresuk. Die Seerobben sind zurück. Auf die Jagd sollte ich gehen. Einen Winter geb ich ihm noch.

*Logbuch des Kapitäns – 28. Juni*

Mit nord-nordwestlichem Kurs in die Baffin-Bucht eingefahren, auf der Suche nach offenem Wasser. Eisberge bedrängen uns wie schwimmende Gebirge von allen Seiten. Wir bleiben in Sichtweite der grandiosen Küstenlandschaft und navigieren von Landzunge zu Landzunge. So gelangen wir immer mehr nach Westen und beständig weiter nordwärts.

Die zweiundsechzig Esquimaux-Hunde, die wir bei Fiskarnæs erworben haben, sind wahrlich nicht sehr weit von ihren wölfischen Vorfahren entfernt. Man fürchtet sich schon, an Deck zu gehen – sie hetzen dort knurrend im Rudel umher, stöbern überall nach Nahrung, der eine schnappt und beißt nach dem anderen. Gestern haben sie zwei Rinderhälften aus der Takelage gestohlen, und bevor Mr. Mallaby sich durch die rasende Meute kämpfen konnte, hatten sie das steinhart gefrorene Fleisch schon bis auf die schieren Knochen abgenagt, wie ein Schwarm dieser gefräßigen Fische im Amazonas. Die Mannschaft klagt bitterlich über diese raubgierigen Wölfe, die derart unsere Decks in Beschlag nehmen, doch muss ich ihnen begreiflich machen, dass wir sie bei unseren Erkundungen im Herbst und im Frühjahr als Schlittenhunde dringend brauchen werden. Trotzdem murren die Männer. Werde heute Abend vielleicht die Partyhüte herausholen, um sie ein wenig aufzuheitern.

## *UFO*

Metek ist aufgeregt. Er kann kaum an sich halten. Nervös schneidet er sich von dem toten Walross Stück um Stück herunter, nervös stopft er sich das Fleisch in den Mund. Ihm gegenüber hocken Kresuk und Uuniak, die Gesichter schleimverschmiert von der butterartigen Leber, die als Hors-d'œuvre diente – jetzt schneiden auch sie lange Streifen von Walrossfleisch ab und schieben sie sich in den Mund. Sip-su sitzt daneben, ein autistischer kleiner Buddha. Es war groß wie das Eis, das schwimmt, sagt Metek schließlich. Niemand blickt auf. Das emsige Futtern geht weiter, begleitet von Schmatzen, Grunzen und schallenden Rülpsern. Große weiße Schwingen hatte es und flog dicht über dem Wasser, wie ein Schwarm Eiderenten auf der Jagd nach Fischen. Ich hab es vom Kap Pekiutlik aus gesehen, wo ich jage. Riesengroß ist das Wesen, von der Farbe des Sommerfuchses, und seine Flügel schwirren wie die der Lumme.

Kresuk blickt auf ohne den nun schon eingeübten Rhythmus von der Hand in den Mund zu unterbrechen und stößt einen knappen Kommentar aus: gequirlte Quallenscheiße.

*Von Eisbergen belagert*

Wie ein Findelkind unter Wölfen, ein Glas Bier unter Branntweinbrüdern, wie eine Brücke über den Kwai, so irrt die ›Endeavor‹ zwischen eisigen Wänden umher, die sich bösartig -zig Meter hoch aus dem Wasser erheben. Auch die Eisberge sind in Bewegung: Sie krachen gegeneinander wie gargantueske Rammböcke und zerfetzen die arktische Stille mit wahren Explosionen, wenn dabei Blöcke von der Größe das Schiffes in die Tiefe donnern. Schwindelig taumelt der Zweimaster in den Druckwellen; die Männer hat die Panik gepackt, die zweiundsechzig Hunde scheißen vor lauter Angst das Deck voll. Allein der Käpt'n bleibt ganz ungerührt, so beschäftigt ist er damit, sich Namen für markante Punkte an der Küste auszudenken. Tante, Tante, Tante...?, denkt er laut vor sich hin. Bald verschwindet die schwarze Fahrrinne vor ihnen – zwei titanische Eisberge wälzen sich sanft aufeinander zu und verschmelzen mit einem Kuss: Die offene Passage ist mit einem Mal zur Sackgasse geworden. Der Erste Offizier Mallaby gibt darauf das Kommando zum Gegenkurs. Aber

Moment! Auch die Rinne, die sie soeben passiert haben, ist jetzt dicht wie eine Nonnenmöse – das Kielwasser der ›Endeavor‹ verläuft sich irgendwo zwischen den Klüften zweier unbarmherziger Blöcke, groß und weiß wie die Kreidefelsen von Dover. Das offene Meer wird zum See, nein – zum Teich – und gnadenlos schließt sich der Ring aus Eis, wie eine Gebirgskette, die man in einer Zeitraffer-Fotoserie über zehn Millionen Jahre vorankriechen sieht. Captain Frank!, ruft Mallaby. Captain Frank! Der Kapitän blickt auf und erfasst erstmals die Lage. Wie peinlich, murmelt er und wendet sich wieder seinem Notizbuch zu, verärgert über die Unterbrechung... er hatte ihn beinahe, den Namen, nach dem er sucht – seine Großtante mütterlicherseits.

Zwei Stunden später dümpelt die ›Endeavor‹ in einer Wasserpfütze vor sich hin, umzingelt von jähen glitzernden Wänden, von unten spürt man bereits Schläge und Tritte – von den Füßen der Eisberge, die sich dort in den schwarzen, geheimnisvollen Tiefen gemächlich vereinigen, zu einem grausigen Netz zusammenfrieren.

Von ihrem Aussichtspunkt auf Kap Pekiutlik, fünfhundert Meter entfernt, beobachten zwei in Tierfelle gehüllte Gestalten die Szene. Der eine knurrt: Hmmff. Was hab ich dir gesagt? Der andere, noch ungläubig, formt eine Antwort: Gütiger Gott aller Walrösser!

*Logbuch des Kapitäns – 17. Juli*

Mit großem Kummer muss ich am heutigen Tage den Verlust unseres Schiffes verzeichnen. Auf der Suche nach einer Nordwestpassage befuhren wir eine blinde Bucht, in der wir alsbald vom Eise belagert und schließlich von den schiebenden Schollen zermalmt wurden. Die Mannschaft gelangte unbeschadet von Bord und dank meiner weisen Voraussicht konnten wir auch das meiste unseres Proviants retten, außerdem eine große Menge Holz aus dem geborstenen Schiffsrumpf. Es war eine feine kleine Brigg und wir alle sahen sie voll Wehmut sinken – insbesondere weil dies bedeutet, dass wir die 1300 Kilometer bis Fiskarnæs an der Südküste Grönlands zu Fuß werden zurücklegen müssen. Ich habe Befehl gegeben, hier ein Winterlager zu errichten, denn der Sommer ist schon zu weit fortgeschritten, als dass wir sofort aufbrechen könnten. Etwa fünfhundert Meter von der Stelle, wo die ›Endeavor‹ unterging, erhebt sich ein großer Fels aus Nephrit, den ich auf den Namen Pauce Point getauft habe, zu Ehren meiner Großtante Rudimenta Pauce. Im Windschatten dieses Felsens wollen wir unser Winterlager aufschlagen, mit Hilfe der schweren Planken, die wir aus der Brigg geborgen. Dabei werden wir die Wände und Decken mit Eis isolieren, nach Art der Esquimaux. So Gott will, werden wir den Frühling erleben, und dereinst können dann fremde Augen das hier Niedergeschriebene lesen: die Aufzeichnungen unserer Drangsal.

*Schneeblind*

Auf dem Packeis hockt Kresuk über ein kleines Loch gebeugt, das nicht größer als fünf Zentimeter im Durchmesser ist. Sein Ohr ist an das Eis gepresst, die Faust umschließt eine Harpune. Der Seehund, der zu diesem Loch gehört, tollt in diesem Augenblick in den eisblauen Tiefen umher, futtert Fische und schlängelt sich nach Robbenart durchs Wasser, wobei er allmählich außer Atem kommt und bald zurück zu seinem Luftloch flitzen wird, um gierig nach Sauerstoff zu schnappen. Es wird sein letzter Schnapper sein, denkt Kresuk grinsend.

In einiger Entfernung spaziert ein Mann mit Gewehr und Notizblock und ist dabei, Landzungen, Erhebungen und Gletscher nach sich selbst und den Mitgliedern seiner Familie zu benennen. Die gezackte Linie des Küstenverlaufs wächst auf dem Papier in nördlicher Richtung, während er jeden Tag etwas weiter wandert, vorgeblich auf der Suche nach Wild. Bald, so hofft er, wird er ein Schlittenhundegespann abgerichtet haben, mit dem er dann die doppelte Distanz zurücklegen kann – einstweilen aber muss er zu Fuß gehen und Fleisch heranschleppen, für seine Mannschaft ebenso wie für die gierige Hundemeute. Da nimmt er eine Bewegung vor sich auf dem Eis wahr – er späht angestrengt hin, aber wegen der gleißenden Sonne und seiner Schneeblindheit wabert das Objekt, das er sieht, hin und her und zerschmilzt zwischen den roten und blauen Flecken vor seinen Augen. Ist das etwa ein Bär? Ein dicker Bär, massig von Fleisch und Fett, der da über einem Loch im Eis kauert? Der Mann klappt das Notizbuch zusammen, steckt es in den Parka und schleicht sich vorsichtig an. Als er etwa sechzig Meter entfernt ist, legt er sich flach auf den Bauch, stützt die Flinte auf einem Eisvorsprung ab, nimmt sorgfältig sein Ziel ins Visier und feuert.

*Logbuch des Kapitäns – 15. August*

Habe mit den Esquimaux Verbindung aufgenommen. Fand einen dieser Wilden bewusstlos auf dem Eise liegend. Offenbar stand er infolge einer frischen Fleischwunde im Gluteus maximus unter Schock. Mit Hilfe eines Schlittens, der von sechs Matrosen gezogen wurde (bisher ist es uns nicht gelungen, die Hunde zu drillen), brachte ich den armen Kerl in unser Lager. Dort konnte ich eine primitive Notoperation vornehmen: Ich versorgte die Wunde und gab ihm eine Dosis Morphium gegen den Schock. Mittlerweile schläft er in der Hauptkajüte, die die Mannschaft aus den Überresten der ›Endeavor‹ errichtet hat. Der Erscheinung nach ähnelt er seinen getauften Genossen weiter im Süden, an Körpergröße übertrifft er diese jedoch beträchtlich, misst er doch vom Scheitel bis zur Sohle einen Meter dreiundachtzig, bei einem Gewicht von gut über fünfundachtzig Kilo. Gekleidet ist er in schlichte Hüllen, die aus den Pelzen seiner Beutetiere gefertigt sind – er trägt eine Art Kniehose aus den Hinterbeinen eines Eisbären, an denen noch die Klauen hängen und selbst dann am Boden schleifen, wenn er aufrecht steht. Seine Stiefel sind aus Seehundfell, die Jacke ist ein Polarluchs. Er verströmt starken Uringeruch.

Ich bin sehr begierig darauf, mit unserem primitiven Gast zu sprechen (vermittelt, wie ich hoffe, durch die Dolmetschdienste unseres zweiten Offiziers Moorhead Bone), denn jedes Wissen über die eingeborenen Esquimaux-Stämme und ihre jahreszeitlichen Wanderungen dürfte für unseren Durchbruch im Frühling von unschätzbarem Wert sein.

*Hager und bleich*

Beim Aufwachen ist Kresuk groggy und spürt einen vagen Schmerz im ›anak‹. Er erinnert sich an einen Traum, in dem er Osoetuk harpuniert hat, den großen Narwal und Gott der Meere, der ihn durch das Eis hinabgezogen hat, auf sein Lager in der eisigen Tiefe. Dort verabreichte ihm Osoetuk ein wunderbares Elixir aus Walrossherz und Fischgeist, von dem ihm warm wurde unter dem Eis und dem schwarzen Wasser – warm und schwummrig.

Jetzt liegt er ganz ruhig da und lauscht einem fremden Zungenschlag, dabei erinnert er sich an den Flankenangriff und den entkommenen Seehund. Er müht sich, die Augen aufzumachen, aber das Elixir ist stärker als er. Er muss alle Kraft aufwenden, die schweren Lider wenigstens so weit zu öffnen, dass er einen Blick auf die Decke des Raums erhascht, die aus Holzbalken besteht. Holz! Das Letzte, was er bei Kap Pekiutlik erwartet hätte. Hart und gut zum Schnitzen, genau das Richtige für Werkzeuge und Totempfähle – aber hier oben fand sich doch höchstens mal ein gegabelter Ast, angespült aus dem Süden her. Seine Schlussfolgerung ist eindeutig: Ich bin also tot, denkt er, davongetragen in eine andere Welt. Die Stimmen murmeln weiter. Seine Augen gehen auf, gehen wieder zu. Wieder sieht er es: rings herum überall Holz, so wertvoll, so selten – ein ganzer Wald über seinen schweren Lidern, die jetzt zufallen wie unter der Last von Gewichten, während der Traum wieder in sein Bewusstsein sickert. Als sie sich wieder öffnen, dreht er den Kopf in Richtung der Stimmen, versucht genau hinzusehen, und endlich erkennt er... Legenden! Männer mit Haar im Gesicht, hager und bleich wie der Winter: Fleisch gewordene Legenden.

## II. Nacht

*Logbuch des Kapitäns – 7. November*

So kalt heute, dass einem die Achselhaare wie Glas klirren und die Spucke in der Kehle gefriert.

*Logbuch des Kapitäns – 8. November*

Zu Mittag ist es gerade hell genug, um das Thermometer ohne Hilfe der Laterne abzulesen. Es zeigte minus 39 °C, dazu kam ein kalter Wind auf. Mr. Mallaby ist irgendwo im Packeis verschollen. Um zehn Uhr ging er hinaus, um die Hunde zu füttern und ist bisher nicht zurückgekehrt. Ich habe eine Suchexpedition ausgeschickt. Die Vorräte, die ich Anfang September von Kresuk erhandelt habe, sind nahezu aufgebraucht. Ihren Preis waren sie gewiss wert (an die 125 Kilo Walross- und Bärenfleisch im Tausch für eine Glasperlenkette und sechs rote Holzknöpfe). Nach seinem idiotischen Glücksblick zu urteilen, als ich die Perlen vor seiner Nase baumeln ließ, hätte ich wohl noch weitere Zentner Fleisch von ihm bekommen können. Beklagenswert nur, dass der Wilde bisher nicht wiedergekehrt ist, obwohl wir einen neuen Handel dringend nötig hätten. Vermutlich überwintert er in Etah, der Esquimaux-Siedlung hundert Kilometer weiter südlich.

*Logbuch des Kapitäns – 12. November*

Die Suchexpedition ist nicht zurückgekommen; auch von Mr. Mallaby keine Spur. Mit Bedauern muss ich feststellen, dass von den mir verbleibenden Männern (fünf sind bei der Suche verschollen) nur noch vier gesund genug sind, um sich auf den Beinen zu halten. Unser größter Feind sind Erfrierungen, dicht gefolgt vom Skorbut. Letzterer bedroht uns alle, was dadurch erschwert wird, dass unser karger Vorrat an Trockenobst längst erschöpft ist. Selbst der eingelegte Kohl ist bald verbraucht – und schon jetzt leiden wir alle an Müdigkeit und den für Skorbut so typischen Blutungen des Zahnfleisches.

Das unaufhörliche Husten und Schnaufen, das Stöhnen der Männer mit brandigen Gliedmaßen, all das strapaziert meine Nerven. Darüber hinaus langweile ich mich zu Tode – nichts zu tun hier als nach den Kranken zu sehen und auf die Sonne zu warten, die erst in knapp 149 Tagen aufgehen wird. Krankenpflege entspricht nicht eben meiner Vorstellung von einer heroischen Aufgabe – mir verlangt es nach kämpferischen Taten.

*Logbuch des Kapitäns – 15. November*

Mr. Bone hat bei den Hunden die Überreste von Mr. Mallabys Pelzkleidung gefunden; über sein Schicksal kann ich nur Vermutungen anstellen. Von der Meute leben übrigens inzwischen nur noch siebenundzwanzig Tiere – offenbar haben sie sich gegenseitig aufgefressen, da wir ihnen seit längerem kein frisches Fleisch bieten konnten und den Pemmikan (so ungenießbar er auch ist) für den eigenen

Bedarf aufheben müssen. Andererseits hat Mr. Bone mich darauf hingewiesen, dass wir ohne die Hunde kaum Aussicht haben, im Frühling den Rückweg in die Zivilisation zu bewältigen. Etwas muss unternommen werden.

Die Suchexpedition ist noch immer nicht wieder da. Ich habe daher aus unseren drei gesündesten Männern (Tiggis, Tuggle und Mr. Wright) eine zweite zusammengestellt und sie nach den Vermissten ausgeschickt.

*Der Handel*

Kresuk kehrt zurück. Feiste Wangen, weiße Pelze, Schlitzaugen. Seine zottelige Gestalt in der Tür. In den Fäustlingen hält er eine steif gefrorene Robbenflosse gepackt.

Der Kapitän bedeutet ihm hereinzukommen und knallt gegen den Druck des Windes die Tür zu. Ein ersterbendes Holzfeuer glimmt in der Ecke, die Schatten klettern an den Wänden hinauf. Die Männer schniefen und schnaufen. Der Kapitän grinst Kresuk an und lächelt. Kresuk nickt zurück, ebenfalls grinsend. »Bone!«, ruft der Kapitän. »Bone!«

Mr. Bone erhebt sich von der Liege, der warme Atem umwabert seinen Kopf wie Kaffeedampf, und er humpelt zu seinem Kommandanten herüber. »Mr. Bone, sprechen Sie mit dem Burschen. Bestimmt ist er gekommen, um wieder Fleisch gegen Glasperlen einzutauschen, und ich muss wohl kaum betonen, wie bitter nötig wir einen solchen Handel in diesem Augenblick haben.« Bone hustet und entledigt sich eines großen Speichelklumpens. »Wuk noah tuk-ha«, sagt er. Kresuk starrt für kurze Zeit an ihm vorbei, dann wendet er sich ab und durchstöbert den halb dunklen Raum. Er späht in jedes Schränkchen, unter jedes Bett und jedes Kopfkissen. »Was tut er denn da, Bone?«, will der Kapitän wissen. »Los doch, was ist?« Kresuk trägt Dinge zusammen: schöne schimmernde Messer, Zinnbecher, Taschenuhren, Äxte. Einen Sack mit roten Holzknöpfen. Er wirft alles in der Mitte des Raumes auf einen Haufen, dann streckt er Mr. Bone die Robbenflosse entgegen.

*Logbuch des Kapitäns – 21. November*

Kresuk war wieder da. Wir tauschten mit ihm einige unserer Habseligkeiten gegen einen neuen, wenn auch kümmerlichen Vorrat an Frischfleisch. Der kann feilschen, dieser Wilde. Er hat uns sozusagen in der Tasche.

Mr. Bones große Zehe ist so stark vereitert, dass eine entzündliche Gangräne zu befürchten steht, falls sie nicht entfernt wird. Wieder einmal, so denke ich, während das Skalpell herabfährt, um den Knochen in einem raschen Schnitt zu durchtrennen, hat uns diese scheußliche Kälte einen Körperteil gekostet. Wir werden alle zu Krüppeln geworden sein, bis die Sonne wieder aufgeht – ein Haufen rotzender, ausgemergelter Versehrter.

Von keiner der Suchexpeditionen gibt es Nachricht. Ich würde ja eine dritte Gruppe zusammenstellen, um nach den Vermissten zu suchen, doch es sind nur noch fünf von uns übrig, und ich bin der Einzige mit zwei brauchbaren Beinen und Füßen, Armen und Händen. Wirklich, ich komme mir vor wie der Oberaufseher einer Leprakolonie.

*Logbuch des Kapitäns – 22. November*

Heute die Begräbniszeremonie für Mr. Mallaby abgehalten. Meine bettlägerigen Kameraden humpelten mit mir hinaus, wo wir uns um eine Gedenktafel scharten und Choräle sangen. Bedenkt man das Husten und Keuchen der Männer und den heulenden Wind, so gelang uns doch eine recht respektable Version von »Ach wie flüchtig, ach wie nichtig« – eines meiner Lieblingslieder. Als ich anhub: »Asche zu Asche, Staub zu Staub, Eis zu Eis« (der Einschub schien mir durchaus angebracht), und die verbleibenden Strähnen von Mr. Mallabys Pelzjacke vom Winde verwehen ließ, begann der junge Harlan Hawkins zu weinen. Ein wahrhaft jämmerlicher Anblick – wie der arme Junge mit seinem rechten Armstumpf nach den gefrierenden Tränen tupfte, während ich die Seele seines wackeren Seekameraden unserem Schöpfer ans Herz legte. Auch dieses jungen Burschen Seele, so steht zu befürchten, wird wohl nicht mehr lange unter uns weilen.

*Auf den Eisschollen verloren*

Der Sturm pfeift in Böen dahin, die Kälte bringt Stahl zum Bersten, Holz zum Splittern und bewirkt die Wandlung von Fleisch zu Eis. Unförmige Eishügel ragen wie böse Träume grau und gespenstisch aus dem Zwielicht der Polarnacht. Alles Leben kommt hier um: nur der Eisgürtel überdauert – er gedeiht sogar prächtig – im bitterkalten Wind und den ständig sinkenden Temperaturen.

Die eine Suchexpedition ist zwar auf die andere gestoßen, nun stehen aber beide vor einem größeren Problem:

den Rückweg wiederzufinden. Im Laufe der vergangenen sechs Stunden haben sie ihren Vormarsch auf geometrische Weise bewerkstelligt – auf längst tauben Füßen sind sie die leicht gekrümmten Hypotenusen von einem Dutzend einander überlagernder rechtwinkliger Dreiecke entlanggestapft. Sie sind trunken vor Kälte, ja geradezu berauscht davon; da sie nun nicht mehr frieren, legen sie sich zum Ausruhen in den Schnee. Kap Pekiutlik (wahlweise auch als Pauce Point bekannt) liegt nur einen knappen Kilometer südlich von ihnen. Viele hundert Meter durch die finstere Mondlandschaft der arktischen Nacht.

*Natürliche Auswahl*

In seinem Iglu in der Siedlung Etah lümmeln Kresuk und seine Nachbarn nackt herum, die bloße Haut auf Felle gebettet, und aalen sich in der wunderbaren Hitze, die ihre Robbentranlampen verströmen. In diesem Augenblick beugt sich Kresuk vor, um den anderen die winzige, kreisförmige Narbe auf seinem ›anak‹ zur Schau zu stellen, das Zeichen seiner ersten Begegnung mit den hageren Männern. Ein Zeichen späterer Begegnungen mit ihnen baumelt ihm vom Hals: eine Kette aus roten Holzknöpfen, Glasperlen und goldenen Taschenuhren. Seine Nachbarn fädeln ganz ähnliche Ketten, kratzen mit Stahlmessern auf dem eisigen Boden herum und prüfen angelaufene Zinnbecher mit den Zähnen. Sie blicken zu Kresuk auf, als er wieder einmal die Geschichte dieser Verletzung erzählt, eine Geschichte, die sie schon etwa siebenundneunzigmal gehört haben. Nichtsdestominder lauschen sie fasziniert.

Perlenketten, Messer und Becher sinken herab, Münder stehen offen. Diverse schwarze Augenpaare verfolgen das Tanzen und Scheppern der Kette auf Kresuks Brustbein, während dieser seine Seehundjagd pantomimisch nachstellt. Beim Sprechen teilen sich die feisten Wangen, so dass sein Grinsen sichtbar wird, und seine Augen blitzen wie Laternen unter den fleischigen Lidern.

Als er seine Schilderung geendet hat und Metek sich aufrichtet, um die Geschichte von dem großen geflügelten Walfisch zu erzählen, der die hageren Männer brachte, wenden sich die anderen wieder ihren Perlen, Messern und Bechern zu. Kresuk macht es sich bequem und zupft an seiner Robbenkeule. Er kaut nachdenklich darauf herum, beim Bericht seines Freundes hört er nur mit halbem Ohr hin, denn seine Gedanken sind bei dem Ruhm, den er errungen hat und der noch viele Generationen überdauern wird. Er sieht sich selbst als König, seine Söhne als Prinzen. In diesem Moment steht Sip-su auf und watschelt zu Kresuk hinüber; er kauert sich vor seinem Vater hin und setzt einen Scheißhaufen, warm und formlos, auf dessen ausgestreckten Fuß. Die Freunde lachen. Uuniak starrt auf ihren großen Zeh. Da explodiert Kresuk, ohrfeigt das mondsichtige Kind quer durch das Iglu – Sip-su taumelt, stößt im Drehen gegen den ›kotluk‹, verbrüht sich und heult auf. Die anderen blicken auf die Perlen in ihrem Schoß, die Gesichter werden länger, sie mühen sich ab, ihr Kichern und Prusten zu ersticken, während Kresuk seine Pelze um sich rafft und Uuniak befiehlt, den Jungen anzukleiden. Wortlos packt er dann den kreischenden Sip-su und krabbelt zur Tür hinaus. Ein paar alte Männer nicken.

Draußen ist der Wind so heftig, dass er die keuchenden Schreie des Kindes davonträgt. Kresuk schirrt die Hunde an, schnallt sich den Jungen auf den Rücken und macht sich auf den Weg nach Kap Pekiutlik, zum Grab seiner Ahnen.

*Wehklage*

Angespornt vom unerträglichen Gestank des gesammelten Kots, beschließt er, sich zu einem Latrinendienst aufzumachen. Unbeirrt packt er den Eimer und ebenso unbeirrt tritt er hinaus in die Gletscherkälte; die Haare in seinen Nasenlöchern gefrieren beim ersten dampfenden Atemzug. Im Ausatmen hört er, wie der Dunst kristallisiert und in kleinen Körnchen zu Boden knistert. Schon ist die stinkende Paste ein eimerförmiger Block geworden, nicht ekliger als ein Eiswürfel. Er bleibt stehen, die Walfischtranlampe in der Hand, und will für seine meteorologischen Aufzeichnungen das Thermometer ablesen. Als er sich bückt, um das Glas abzuwischen, bläst eine besonders heftige Bö die Lampe aus, und an sein Ohr dringt, schwach und kaum hörbar, das unverwechselbare Wehklagen eines Kindes in Not.

Er lässt den Eimer fallen, hält den Atem an und legt die Ohren frei (seine Ohrläppchen vereisen augenblicklich). Ja, da ist es wieder – der Wind trägt es von weiter oben, von Pauce Point, zu ihm herab!

*Logbuch des Kapitäns – 5. Januar*

Das Kind der Esquimaux ist wohlauf, es hat sich ganz von den Folgen der Unterkühlung erholt. Ich wünschte nur, ich hätte ebenso gute Neuigkeiten über meine Leute zu berichten. Blackwark und Hoofer liegen abwechselnd im Koma und im Delir; der junge Harlan Hawkins hat sich an seinem linken Beinstumpf eine Wundrose zugezogen, und Mr. Bone, der ohnehin kaum noch laufen konnte, leidet an einer erneuten Attacke von Erfrierungen: Gestern wankte er hinaus, um für das Feuer etwas Holz von unserem Treibgutstapel zu zerkleinern. Nach einer halben Stunde fragte ich mich allmählich, wo er denn bliebe, und ging ihn suchen. Ich fand ihn schlafend im Schnee liegen, mit der einen Gesichtshälfte an dem Balken festgefroren, den er gerade gehackt hatte – ich musste dem armen Teufel ein Stück seines Bartes abnehmen, um ihn wieder loszubekommen. Bei einem meiner Schläge mit der Axt trennte ich ihm versehentlich das linke Ohr mit ab. Viel macht es jedoch nicht mehr aus: Ich rechne kaum damit, dass der Pechvogel diese Nacht noch übersteht.

Der Junge ist zwar schon fünf oder sechs, scheint aber an einer geistigen Störung zu leiden, und zwar allen Anzeichen nach an Mongolismus. Er muss gefüttert werden und beschmutzt sich fortwährend. Für das Herz des Wilden, der ihn der eisigen Kälte überlassen hat, empfinde ich nichts als Mitleid.

*Logbuch des Kapitäns – 10. Januar*

Eine Katastrophe: Die Hunde haben sich losgerissen und das Pemmikanversteck aufgestöbert – praktisch unsere gesamten Vorräte, gut um die hundert Kilo, sind weg. Es gelang mir, fünf der Biester einzufangen, ganz fett und vollgefressen. Vier von ihnen werden meinen Schlitten ziehen (oder ich peitsche ihnen die Kruppe blutig), der fünfte kommt in den Kochtopf. Ich kann mir nicht vorstellen, wie wir überleben sollen – wir haben praktisch keinen Proviant mehr und die arktische Nacht hat kaum begonnen.

*Logbuch des Kapitäns – 11. Januar*

Bone und Hoofer verstorben, Blackwark auf der Kippe. Ich muss die Toten in ihren Kojen liegen lassen, da meine Kräfte kaum ausreichen würden, um sie hinauszuschleifen, und ich alle meine Energien für die kommenden Tage aufsparen muss. Bei einer Innentemperatur von +2 °C rechne ich nicht mit einem übermäßig raschen Verwesungsprozess. Draußen maß ich heute um die Mittagszeit –47 °C.

*Logbuch des Kapitäns – 21. Januar*

Krank vor Hunger. In den letzten zwei Tagen hatten wir nichts zu essen bis auf einen Absud, den ich aus kleinen Holzbrocken und den weicheren Stücken von Mr. Bones Stiefelleder gemacht hatte. Blackwark verschied am frühen Morgen des heutigen Tages – es wurden keine Lieder gesungen, da Harlan Hawkins im Koma liegt und das Esquimauxkind, mein einziger verbliebener Gefährte, zu nichts anderem fähig ist, als nach Essen zu schreien und seinen Darm zu entleeren. Keine Frage: Ohne Nahrungsmittel haben wir hier keine Chance. Infolgedessen bin ich zu einer Entscheidung gelangt: Ich habe beschlossen Hawkins und das Kind auf einen Schlitten zu binden, die vier Köter, die ich verschont habe (welch große Versuchung, sie ebenfalls zu braten), davor anzuspannen und den Weg nach Etah, zur Siedlung der Esquimaux, in Angriff zu nehmen. Wenn sie sehen, in welcher Verfassung wir sind, und wenn sie den Jungen erkennen – einen von ihnen! – werden sie uns gewiss helfen.

*Flucht ins Ungewisse*

Ein wahrer Held!, denkt er triumphierend und lässt die Peitsche auf die Schnauzen der vier Hunde niederknallen. Wenn doch Mama und die Mädels mich so sehen könnten! Doch es ist finster wie der Styx im Nebel und so kalt wie der Atem der Proserpina – dermaßen kalt, dass einem die Gedanken im Kopf einfrieren. Das Eis unter den Füßen ist eine schartige Säge, die sich bei jedem qualvollen Schritt ins Fleisch schneidet, den Schlitten immer wieder umwirft und die ledrigen Ballen der Hundepfoten abscheuert, als wären sie aus Wachs. Sip-su und der im Koma dämmernde Hawkins sind auf dem Schlitten festgeschnallt, was dessen Vorankommen enorm behindert. Von Zeit zu Zeit bleiben die Hunde stehen, um einander zu zerfleischen, und nur mit größter Mühe gelingt es, sie mit der Peitsche wieder zur Räson zu bringen. Doch unbezwingbar drängt er vorwärts, eingefroren in seinem Großhirn ertönt ein altes Kampflied der Marine. Ard!, krächzt er (eigentlich hatte er »Los doch, ihr Bastarde!« brüllen wollen, doch der Wind schob ihm die Worte zurück in den Mund, direkt die Kehle hinab und mitten in die schockstarre Lunge). Bald werden seine Fingerknochen mürbe sein und die Flüssigkeit in seinen Augen wird sich in eine gallertartige Masse verwandeln.

## In Etah

Der Wind, der draußen über die glasharte Fläche des Iglu pfeift, kündet von einem Sturm. Im Inneren herrscht brütende Hitze: Drei gleichzeitig lodernde Robbentranlampen erzeugen einen dichten, fettigen Qualm, der in den Augen brennt. Als schwarze Spirale wirbelt und tanzt er in der Mitte der gewölbten Decke, wird durch das Schornsteinloch hinaufgesogen und hinausgerissen, wo ihn die tödlichen Böen packen.

Kresuk sitzt in Felle gehüllt auf dem Fußboden und atmet schwer. Seine Augenbrauen sind weiß von Schnee und Frost. Im schmalen Eingang des Iglu ist der Kadaver einer großen Bartrobbe eingeklemmt, der Kopf mit den Schnurrhaaren und den toten, kalten Augen liegt direkt vor Kresuks Füßen. Das Schwanzende der Robbe ist noch draußen, in der Finsternis und dem Wind, während der massige Leib wie ein Korken im Flaschenhals das Eingangs feststeckt. Kresuk dreht sich um und zerrt am Kopf des Tieres. Er grinst. Bei seinem Handel mit den hageren Männern seinerzeit hatte er – etwas kurzsichtig – die Hälfte das Fleischvorrats für den Winter gegen ein paar bunte Knöpfe und Glasperlen getauscht. Deshalb musste er, hungrig wie er war, hinaus auf die dunklen Eisschollen, zum Jagen. Es gab einfach keine Wahl: Uuniak nörgelte ständig herum, die Hunde heulten, und Metek schimpfte jedes Mal, wenn Kresuk sich nebenan zum Essen einlud. Jetzt aber betrachtet er zufrieden seinen Fang. Und denkt an ein Robbenfestmahl.

Von draußen Stimmen: Uuniak, Metek, Meteks Weib. Kresuk erhebt sich auf die Knie, schiebt unter jede Seitenflosse eine Hand und zieht mit aller Macht. Er spürt, wie die anderen sich gegen die fette Flanke der Robbe stemmen. Es kommt ein Moment von Trägheit und Beharrung, von Kraft in der Schwebe, dann gibt es ein obszönes, feuchtes Schmatzen, und Kresuk sitzt auf seinem ›anak‹, die Robbe im Schoß. Lachend kommen Uuniak und seine Freunde hereingewieselt.

Später, als sein Magen gefüllt ist, kriecht Kresuk zu Uuniak hinüber und legt sich zu ihr. Seine Kette aus Perlen und Uhren klappert, als er schwer neben ihr niedersinkt. Sie ist runder als sonst. Er legt ihr ein Ohr auf den Bauch und lacht dann laut auf: Da bewegt sich etwas, direkt unter der Haut. Grinsend setzt er sich auf. Metek sagt etwas über Söhne, so stämmig wie Eisbären. Der Wind heult. Kresuk senkt den Blick und fährt plötzlich zusammen. Langsam und beharrlich, wie ein Insekt, hat unter dem glatten Glas auf einmal ein Sekundenzeiger seinen Weg um das Zifferblatt wieder aufgenommen und die Uhr hat angefangen zu ticken.

*Schlaftrunk*

Wie ein Schlaftrunk: Einlullend, besänftigend, Gebärmutterwärme verströmend, und du möchtest dich – müde, unsagbar müde, auch scharfe Kanten spürst du jetzt nicht mehr – am liebsten auf die Eisschollen legen. Das Kind und Hawkins sind immer noch festgeschnallt, aber steif wie zwei Fahnenmasten; der Frost hat ihnen eine glänzende Patina auf die Lippen gelegt. Die Hunde haben aufgegeben, gefrorenes Blut verkrustet ihre Pfoten; zusammungekrümmt liegen sie in ihren Spuren und winseln, die Schnauze im Schwanz vergraben. Hast du die Kraft, die

Peitsche noch einmal knallen zu lassen? Kaum. Nur mit größter Mühe kannst du den Griff des Schlittens noch packen, so schwummrig und benommen bist du. Aber du fühlst dich warm, seltsam warm, und matt. Das ist gar kein Sturm, sondern ein laues Lüftchen, ein Schlaflied in deinen müden Ohren. Wenn du dich nur hinlegen könntest... nur für einen kurzen Moment...

# Greasy Lake

It's about a mile down on the dark side of Route 88.
*Bruce Springsteen*

Es gab eine Zeit, da Höflichkeit und eine gewinnende Art aus der Mode kamen, da es gut war, böse zu sein, da man seine Dekadenz wie einen Geschmack kultivierte. Damals waren wir alle gefährliche Burschen. Wir trugen zerrissene Lederjacken, lungerten mit Zahnstochern im Mund herum, schnüffelten Klebstoff und Äther und etwas, wovon jemand behauptete, es sei Kokain. Wenn wir die jaulenden Kombis unserer Eltern auf die Straße jagten, hinterließen wir einen Streifen Gummi von der Länge eines halben Häuserblocks. Wir tranken Gin und Traubensaft, Tango, Thunderbird und Bali Hai. Wir waren neunzehn. Wir waren böse. Wir lasen André Gide und nahmen ausgeklügelte Posen ein, um zu zeigen, dass wir auf alles schissen. Abends fuhren wir meistens zum Greasy Lake rauf.

Durch die Ortsmitte, den Strip rauf, an den Wohnsiedlungen und Einkaufszentren vorbei, bis die Straßenlaternen dem dünnen fließenden Licht der Scheinwerfer wichen und Bäume sich in einer schwarzen ununterbrochenen Mauer an den Asphalt drängten: Das war der Weg zum Greasy Lake. Die Indianer hatten ihn Wakan genannt, in Anspielung auf die Klarheit seines Wassers. Jetzt war er stinkig und trüb, seine schlammigen Ufer funkelten von

Glasscherben und waren mit Bierdosen und den verkohlten Überresten von Lagerfeuern übersät. Knapp hundert Meter vom Ufer gab es eine einzelne, verwüstete Insel, so vollkommen kahl, als hätte sie die Airforce bombardiert. Wir fuhren zum See, weil alle da hinfuhren, weil wir den schweren Duft von Möglichkeit in der Brise schnuppern wollten, einem Mädchen zuschauen, wie es sich auszog und in die faulige Brühe sprang, Bier trinken, Pot rauchen, die Sterne anheulen, das absurde, kehlige Gebrüll des Rock and Roll zum urzeitlichen Geraune von Fröschen und Grillen genießen. Das war Natur.

Einmal war ich dort spät nachts in Gesellschaft zweier gefährlicher Burschen. Digby trug einen goldenen Stern im rechten Ohr und erlaubte seinem Vater, ihm die Studiengebühren für Cornell zu bezahlen. Jeff trug sich mit dem Gedanken, das College zu schmeißen und Maler/Musiker/Besitzer-eines-Ladens-für-Kifferbedarf zu werden. Sie waren beide hervorragende Kenner der gesellschaftlichen Umgangsformen, schnell bei der Hand mit einem verächtlichen Grinsen, im Stande, einen Ford mit ausgeleierten Stoßdämpfern und rissigem, welligem Asphalt unter den Rädern bei hundertvierzig Sachen auf der Straße zu halten und dabei einen Joint, so kompakt wie eine Schokoladenzigarette, zu drehen. Lässig gegen eine Wand von donnernden Boxen gelehnt, konnten sie wie die Weltmeister »Ey, Mann« sagen oder über die Tanzbahn rocken, als hätten sie Kugellager in den Gelenken. Sie waren aalglatt und flott und sie trugen ihre Spiegelbrille beim Frühstück und Abendessen, unter der Dusche, in Hinterzimmern und Höhlen. Mit einem Wort, sie waren böse.

Ich fuhr. Digby bearbeitete das Armaturenbrett und grölte mit Toots & the Maytals mit, während Jeff den Kopf aus dem Fenster hängen ließ und die Flanke des Bel Air meiner Mutter mit Schlieren von Erbrochenem dekorierte. Es war Anfang Juni, die Luft so weich wie eine Hand auf der Wange, die dritte Nacht der Sommerferien. Die ersten zwei Nächte waren wir bis zum Morgengrauen unterwegs gewesen, auf der Suche nach etwas, was wir nicht gefunden hatten. In dieser, der dritten Nacht, waren wir den Strip siebenundsechzigmal rauf- und runtergefahren, hatten jede Bar und jeden Klub abgeklappert, die uns im Umkreis von 30 Kilometern eingefallen waren, hatten zweimal für Fried Chicken und Vierzig-Cents-Hamburger angehalten, die Frage erörtert, ob wir auf eine Fete im Haus eines Mädchens, das Jeffs Schwester kannte, gehen sollten, und zwei Dutzend rohe Eier auf Briefkästen und Tramper geschmissen. Es war zwei Uhr; die Bars machten allmählich dicht. Es blieb nichts mehr zu tun übrig, als mit einer Flasche Gin mit Zitronengeschmack zum Greasy Lake raufzufahren.

Als wir schwungvoll auf den ungepflasterten Parkplatz mit seinen Büscheln von Unkraut und waschbrettartigen Bodenwellen einbogen, blinkten uns die Rücklichter eines einzigen Autos entgegen; '57er Chevy, pfefferminzblaumetallic. Am anderen Ende des Parkplatzes lehnte, wie der Chitinpanzer eines ausgemergelten Chrom-Insekts, ein Chopper auf seinem Ständer. Und damit hatten sich die Attraktionen: irgend so ein fixender hirnamputierter Rocker und ein Autofreak, der seine Freundin knallte. Was immer es sein mochte, wonach wir suchten, am Greasy Lake sollten wir es anscheinend nicht finden. Nicht diese Nacht.

Aber dann waren plötzlich Digbys Hände da und versuchten mich vom Steuer zu verdrängen. »He, das ist Tony

Lovetts Auto! He!«, brüllte er, während ich auf die Bremse stieg und der Bel Air die Nase an die blanke Stoßstange des parkenden Chevy setzte. Digby legte sich lachend auf die Hupe und befahl mir, das Fernlicht einzuschalten. Ich blendete auf. Das war urkomisch. Ein Scherz. Tony würde einen vorzeitigen Interruptus erleiden und sich von grimmig dreinschauenden Staatspolizisten mit Stablampen gestellt wähnen. Wir hupten, blendeten auf und ab und sprangen dann aus dem Wagen, um unsere geistreichen Gesichter an Tonys Fenster zu drücken; wer weiß, vielleicht dass wir sogar die Titten irgendeiner Braut kurz zu sehen bekamen, und dann konnten wir Tony-mit-rotem-Kopf auf den Rücken klopfen, ein bisschen Zoff machen und uns zu neuen Höhepunkten des Abenteuers aufmachen.

Der erste Fehler, derjenige, der den ganzen Schlamassel ins Rollen brachte, war der, dass ich die Schlüssel verlor. Als ich mit dem Gin in der einen Hand und einem brennenden Joint in der anderen aus dem Auto sprang, ließ ich sie in der Aufregung ins Gras fallen – ins dunkle, geil wuchernde, geheimnisvolle Nachtgras am Greasy Lake. Das war ein taktischer Fehler, in seiner Art ebenso schwerwiegend und nicht wieder gutzumachen wie Westmorelands Entscheidung, sich in Khe Sanh einzugraben. Ich spürte es wie eine blitzkurze Ahnung und ich blieb da vor der offenen Tür stehen und stierte unbestimmt in die Nacht, die um meine Füße schwamm.

Der zweite Fehler – und dieser hing unentwirrbar mit dem ersten zusammen, war der, dass wir den Chevy für den von Tony Lovett hielten. Noch bevor der äußerst üble Bursche in schmierigen Jeans und Bauarbeiterstiefeln aus der Fahrertür hervorschoss, wurde mir bewusst, dass dieses

Chromblau viel heller war als das matte Türkis von Tonys Auto und dass der auch keine Boxen auf der Hutablage montiert hatte. Ihrem Gesichtsausdruck nach zu urteilen, tasteten sich auch Digby und Jeff gerade jeder für sich auf dieselbe unausweichliche und beunruhigende Erkenntnis zu wie ich selbst.

Jedenfalls erwies sich dieser üble schmierige Typ als unzugänglich für logische Argumente – er war ganz eindeutig ein Mann der Tat. Der erste kernige Kick seines Stahlkappenstiefels erwischte mich am Kinn, schlug mir eine Ecke von meinem Lieblingszahn weg und legte mich flach in den Dreck. Wie ein Idiot hatte ich mich halb hingekniet, um das derbe zertrampelte Gras nach den Schlüsseln zu durchkämmen, während mein Verstand auf die langwierigste, schildkrötigste Weise Gedanken aneinander reihte, und ich wusste, dass alles schief gelaufen war, dass ich ernsthafte Probleme hatte und dass der verlorene Zündschlüssel mein Gral und meine Rettung war. Die drei oder vier folgenden Tritte wurden vornehmlich von meiner rechten Gesäßbacke und dem harten Stück Knochen am unteren Ende meiner Wirbelsäule absorbiert.

In der Zwischenzeit flankte Digby über die vereinten Stoßstangen und versetzte dem schmierigen Typen einen brutalen Kung-Fu-Schlag gegen das Schlüsselbein. Digby hatte gerade für den Sportschein, den er brauchte, einen Kurs in fernöstlichen Kampfkünsten absolviert und den größeren Teil der letzten zwei Nächte damit zugebracht, uns apokryphe Geschichten über Bruce Lee und die elementare Kraft zu erzählen, die in blitzschnelle Hiebe aus angewinkelten Handgelenken, Knöcheln und Ellbogen gelegt werden musste. Der schmierige Typ blieb unbeeindruckt. Mit einem Gesicht wie eine Toltekenmaske trat er lediglich einen Schritt zurück und erledigte Digby mit einem einzigen zischenden Schwinger... aber mittlerweile hatte sich auch Jeff eingeschaltet, und ich fing allmählich an mich aus dem Dreck aufzurappeln, während ein metallischer Knebel aus Schock, Wut und Ohnmacht mir die Kehle verstopfte.

Jeff hing auf dem Rücken des Burschen und biss ihn ins Ohr. Digby war am Boden und fluchte. Ich griff mir das Montiereisen, das ich unter dem Fahrersitz aufbewahrte. Ich bewahrte es dort auf, weil üble Typen immer Montiereisen unter dem Fahrersitz aufbewahren, und zwar genau für solche Gelegenheiten. Mochte ich auch zum letzten Mal in der sechsten Klasse in eine Schlägerei verwickelt gewesen sein, als ein Junge mit schläfrigem Blick und zwei aus der Nase hängenden Rotzglocken mir einen Baseballschläger gegen das Knie knallte; mochte ich das Montiereisen bisher auch nur zweimal in der Hand gehabt haben, um Reifen zu wechseln: Es war da. Und jetzt griff ich es mir.

Ich hatte fürchterliche Angst. Das Blut hämmerte mir in den Ohren, meine Hände zitterten, mein Herz überschlug sich wie ein Motorrad im falschen Gang. Mein Kontrahent hatte kein Hemd an und ein einziger durchgehender Muskelstrang schoss quer über seine Brust, als er sich vorbeugte, um sich Jeff wie einen nassen Mantel vom Rücken zu ziehen. »Arschficker«, stieß Jeff immer wieder hervor, und in dem Moment wurde mir bewusst, dass wir alle vier – Digby, Jeff und mich eingeschlossen – »Arschficker, Arschficker« brüllten, als sei es ein Schlachtruf. (Was geschah dann?, fragt der Detektiv unter der heruntergezogenen Krempe seines Bogart-Hutes hervor den Mörder. Ich weiß nicht, sagt der Mörder, irgendwas ist über mich gekommen. Ganz genau.)

Digby stieß dem üblen Typen die flache Hand ins Gesicht, und ich stürzte mich auf ihn wie ein Kamikaze, besinnungslos, rasend, qualvoll gedemütigt – die ganze Sache hatte, vom auslösenden Stiefel am Kinn bis zu diesem mörderischen Ur-Augenblick, nicht mehr als sechzig hyperventilierende, hormonausschüttende Sekunden gedauert –, ich stürzte mich auf ihn und ließ das Montiereisen gegen sein Ohr krachen. Das Ergebnis trat mit verblüffender Unmittelbarkeit ein. Er war ein Stuntman, und das hier war Hollywood, er war ein großer zähnefletschender Ballon und ich war der Mann mit der Stecknadel. Er brach zusammen. Machte sich in die Hose. Erschlaffte in seinen Stiefeln.

Eine einzelne Sekunde, groß wie ein Zeppelin, schwebte an uns vorbei. Wir standen im Kreis über ihm, zähneknirschend, hälseruckend, an Gliedmaßen, Händen und Füßen unter den Adrenalinstößen zuckend. Keiner sagte ein Wort. Wir starrten nur auf den Kerl hinunter, den Autofreak, den Liebhaber, den flachgelegten üblen schmierigen Burschen. Digby sah mich an; desgleichen Jeff. Ich hielt noch immer das Montiereisen fest, an dessen Krümmung ein Haarbüschel klebte, wie Löwenzahnflaum, wie eine Daune. Völlig erledigt, ließ ich es auf den Boden fallen und malte mir schon die Schlagzeilen aus, die pockennarbigen Gesichter der Untersuchungsbeamten, das Funkeln der Handschellen, das Gerassel der Gittertür, die ungeschlachten schwarzen Schatten, die aus den Tiefen der Zelle aufstiegen... als plötzlich ein rauer, zerrissener Schrei mich wie der kollektive Saft sämtlicher elektrischen Stühle des Landes durchfuhr.

Es war die Braut. Sie war klein, barfüßig, in Höschen und Männerhemd gekleidet. »Bestien!«, kreischte sie, indem sie mit geballten Fäusten, die Strähnen ihrer Fönfrisur im Gesicht, auf uns zustürmte. Sie hatte ein Silberkettchen an einem Fußknöchel und ihre Zehennägel blitzten im grellen Licht der Scheinwerfer. Ich glaube, die Zehennägel gaben den Ausschlag. Klar, der Gin und der Cannabis und vielleicht sogar das Kentucky Fried können auch ihre Hand im Spiel gehabt haben, aber es war der Anblick dieser flammenden Zehen, der uns explodieren ließ – die aus dem Brotlaib kriechende Kröte in der ›Jungfrauenquelle‹, Lippenstift, auf dem Gesicht eines Kindes: Sie war bereits befleckt. Wir fielen über sie her wie Bergmans geistesgestörte Brüder – nichts Böses sehen, hören, sagen –, keuchend, röchelnd, an ihrer Kleidung reißend, nach Fleisch grapschend. Wir waren üble Burschen und wir waren erschrocken und scharf und drei Schritte jenseits der Grenze – es hätte alles passieren können.

Das tat es nicht.

Bevor wir, mit vor Lust und Gier und der reinsten elementaren Schlechtigkeit verschleierten Augen, sie auf die Motorhaube drücken konnten, bog ein Scheinwerferpaar auf den Parkplatz ein. Da standen wir, verdreckt, blutig, schuldig, der Menschheit und Zivilisation entfremdet, das erste Ur-Verbrechen hinter uns, das zweite in der Mache. Mit Fetzen von Nylonhöschen und Spandex-BH an den Fingern, mit offenen Hosenschlitzen und geleckten Lippen standen wir da, gefangen im Scheinwerferlicht. Festgenagelt.

Wir hauten ab. Erst zum Auto und dann, als uns klar wurde, dass wir keinerlei Möglichkeit hatten, es anzulassen, in Richtung Wald. Ich dachte an nichts. Ich dachte an Flucht. Die Scheinwerfer nahmen mich aufs Korn wie anklagende Zeigefinger. Ich war weg.

Ram-bam-bam, über den Parkplatz, an dem Chopper vorbei und hinein in das stinkende Gesträuch, das den See säumte, auffliegende Insekten im Gesicht, unkrautgepeitscht, Frösche und Schlangen und rotäugige Schildkröten, die in die Nacht davonplatschten: Ich war schon knöcheltief in Dreck und lauwarmem Wasser und noch immer in Bestform. Hinter mir nahmen die Schreie des Mädchens an Intensität zu, untröstlich, verdammend, die Schreie der Sabinerinnen, der christlichen Märtyrerinnen, der Anne Frank, die aus der Dachkammer geschleift wird. Ich ging immer weiter, von diesen Schreien und von Visionen von Bullen und Bluthunden verfolgt. Das Wasser reichte mir schon bis zum Knie, als mir klar wurde, was ich da tat: Ich würde ihnen wegzuschwimmen versuchen. Quer durch den Greasy Lake schwimmen und mich im Dickicht am anderen Ufer verstecken. Dort würden sie mich niemals finden.

Ich atmete schluchzend, keuchend. Das Wasser schwappte mir gegen den Bauch, als ich mich umschaute, über die mondpolierten Kräuselwellchen und die Algenmatten hinweg, die wie Schorf an der Wasseroberfläche hafteten. Jeff und Digby waren verschwunden. Ich hielt inne. Lauschte. Das Mädchen wurde ruhiger, die Schreie verdünnten sich zu Schluchzern, aber jetzt waren Männerstimmen zu hören, wütende, erregte, und das sirrende Standgeräusch ihres Wagens. Ich watete tiefer hinein, verstohlen, gehetzt, und der Schlick saugte sich an meinen Turnschuhen fest. Als ich gerade losschwimmen wollte – exakt in dem Augenblick, als ich die Schulter zum ersten kraftvollen Zug senkte –, stieß ich mit etwas zusammen. Etwas Unaussprechlichem, Obszönem, etwas Weichem, Nassem, Moosbewachsenem. Ein Klumpen Kraut? Ein Baumstamm? Als

ich die Hand ausstreckte, um es zu betasten, gab es nach wie eine Gummi-Ente, wie Fleisch.

Aus einer dieser widerwärtigen kleinen Eingebungen heraus, auf die wir von Kindesbeinen an durch Film und Fernsehen und Kurzaufenthalte in Bestattungsinstituten zwecks nachdenklicher Betrachtung der bemalten Überreste unserer toten Großeltern konditioniert werden, begriff ich, was es war, was da so unzulässigerweise in der Dunkelheit schaukelte. Begriff und stolperte voll Grauen und Ekel zurück, wobei mein Verstand in sechs verschiedene Richtungen gleichzeitig gerissen wurde (ich war neunzehn, ein Kind noch, ein Säugling, und hatte im Zeitraum von fünf Minuten einen schmierigen üblen Burschen niedergeschlagen und war mit dem aufgeweichten Kadaver eines zweiten zusammengestoßen) und dachte: Die Schlüssel, die Schlüssel, warum musste ich nur die Schlüssel verlieren? Ich stolperte zurück, aber der Schlick hielt meine Füße fest – ein Turnschuh blieb stecken, ich kippte um –, und plötzlich sauste ich mit dem Gesicht zuerst auf die schwimmende schwarze Masse herunter, stieß verzweifelt meine Hände nach vorn und beschwor simultan die Vision stinkender Frösche und Bisamratten herauf, die sich im Schlick ihrer eigenen Säfte zersetzten. AAAAArrrgh! Ich schoss aus dem Wasser wie ein Torpedo, wobei der Tote sich um seine Längsachse drehte und einen moosigen Bart und mondkalte Augen nach oben kehrte. Ich muss laut aufgeschrien haben, während ich im Unkraut um mich strampelte, denn die Stimmen hinter mir klangen plötzlich erregt.

»Was war das?«

»Das sind sie, das sind sie: Die haben versucht, mich, mich ... zu *vergewaltigen!*« Schluchzer.

Eine Männerstimme, platter Midwest-Akzent. »Ihr Hurensöhne, wir legen euch um!«

Frösche, Grillen.

Dann eine andere Stimme, misstönend, Lower East Side: »Aaschficka!« Ich erkannte die virtuose Ausdrucksweise des üblen schmierigen Typen mit den Bauarbeiterstiefeln wieder. Zahn gesplittert, Schuhe futsch, von oben bis unten mit Schlamm und Schleim und Schlimmerem bedeckt, mit angehaltenem Atem im Unkraut kauernd, darauf wartend, meinen Arsch gründlich und endgültig eingetreten zu kriegen, und gerade der grauenhaften stinkenden Umarmung einer seit drei Tagen toten Leiche entronnen, verspürte ich mit einem Mal ein Aufwallen von Freude und Erleichterung: Der Hurensohn war am Leben! Genauso schnell erstarrten meine Eingeweide zu Eis. »Kommt da raus, ihr schwulen Arschficker!«, kreischte der üble schmierige Typ. Er brüllte Flüche, bis ihm die Luft ausging.

Die Grillen setzten wieder ein, dann die Frösche. Ich hielt den Atem an. Ganz plötzlich ertönte ein Geräusch im Schilf, ein Zischen, ein Platschen: Wsss-plumpf. Sie warfen mit Steinen. Die Frösche verstummten. Ich verbarg den Kopf in den Armen. Wsss, wsss, plumpf. Ein Klumpen Feldspat von der Größe einer Billardkugel prallte von meinem Knie ab. Ich biss mir in den Finger.

Da wandten sie sich dem Auto zu. Ich hörte eine Tür knallen, einen Fluch und dann das Geräusch zersplitternder Scheinwerfer – beinah ein gutmütiges Geräusch, festlich, wie von knallenden Sektkorken. Dem folgte das stumpfe Dröhnen der Stoßstangen, Metall auf Metall, und dann das frostige Bersten der Windschutzscheibe. Ich robbte mich zentimeterweise vor, Ellbogen und Knie, den

Bauch in den Dreck gepresst, und dachte an Guerrillas und Kommandos, und ›Die Nackten und die Toten‹. Ich drückte das Unkraut zur Seite und lugte hinüber zum anderen Ende des Parkplatzes.

Der Motor des zweiten Wagens – es war ein Trans-Am – lief noch immer und seine hoch angesetzten Scheinwerfer tauchten die Szene in ein grelles theatralisches Licht. Mit wirbelndem Montiereisen ging der schmierige üble Bursche gerade wie ein Rachedämon auf die Flanke des Bel Air meiner Mutter los, während sein Schatten die Baumstämme hinauffuhr. Wumm. Wumm. Wummwumm. Die zwei anderen Kerle – blonde Typen mit Verbindungsjacken – halfen ihm mit Ästen und kopfgroßen Felsbrocken. Einer der beiden sammelte Flaschen, Steine, Dreck, Schokoladenpapier, gebrauchte Kondome, Kronkorken und sonstigen Müll zusammen und kippte alles durchs Fenster auf der Fahrerseite. Ich konnte die Braut sehen, eine weiße Knolle hinter der Windschutzscheibe des '57er Chevy. »Bobby«, quengelte sie in das Geschepper hinein, »jetzt *komm* schon.« Der schmierige Bursche hielt einen Moment inne, versetzte dem linken Rücklicht einen ordentlichen Schlag und schleuderte das Montiereisen in die Mitte des Sees. Dann ließ er den '57er an und war weg.

Blondschopf nickte Blondschopf zu. Einer sagte was zum anderen, aber so leise, dass ich nichts mitbekam. Sie überlegten sich zweifellos, dass ihre Mitwirkung an der Vernichtung des Autos meiner Mutter eine etwas vorschnelle Handlung gewesen war, und überlegten sich gleichfalls, dass drei mit eben diesem Auto in Beziehung stehende üble Typen sie vom Wald aus beobachteten. Vielleicht gingen ihnen auch weitere Möglichkeiten durch den Kopf – Polizei, Gefängniszellen, Friedensrichter, Schadenersatzforderungen, Anwälte, erzürnte Eltern, verbindungsbrüderlicher Tadel. Was immer sie sich auch gedacht haben mögen, jedenfalls ließen sie plötzlich Äste, Flaschen und Steine fallen und spurteten synchron, als hätten sie es einstudiert, zu ihrem Wagen. Fünf Sekunden. Länger brauchten sie nicht. Der Motor heulte auf, die Reifen quietschten, eine Staubwolke erhob sich über dem zerfurchten Parkplatz und senkte sich dann wieder auf das Dunkel.

Ich weiß nicht, wie lange ich so dalag: der Gestank der Verwesung, der mich überall umgab, meine Jacke so schwer wie Blei, der Urschleim, der sich unmerklich bewegte, um eine Hohlform für meine Oberschenkel und Hoden zu bilden. Mein Kiefer schmerzte, mein Knie pochte, mein Steißbein brannte wie Feuer. Ich zog Selbstmord in Betracht, fragte mich, ob ich eine Brücke benötigen würde, durchharkte mein Gehirn nach so was wie einer Ausrede für meine Eltern – ein Baum war aufs Auto gestürzt, ein Brotlaster hatte mich hinterrücks gerammt und Fahrerflucht begangen, Vandalen hatten es sich vorgenommen, während wir bei Digby Schach spielten. Dann fiel mir der Tote ein. Er war wahrscheinlich der einzige Mensch auf der Welt, der schlechter dran war als ich. Ich dachte an ihn, Nebel über dem See, gespenstisch zirpende Insekten, und spürte, wie die Angst an mir zog, spürte, wie sich die Finsternis in mir auftat wie ein klaffendes Maul. Wer war er, fragte ich mich, dieses Opfer der Zeit und der Umstände, der traurig im See hinter mir schaukelte? Zweifellos der Eigentümer des Choppers, ein älterer übler Bursche, den es erwischt hatte. Erschossen im Verlauf eines finsteren Drogengeschäfts, ertrunken während alkoholisierter Lustbarkeiten im See. Noch eine Schlagzeile. Mein Auto war ramponiert; er war tot.

Als die östliche Hälfte des Himmels von Schwarz zu Kobalt überging und die Bäume begannen, sich von den Schatten zu lösen, stemmte ich mich aus dem Schlamm hoch und ging an Land. Mittlerweile hatten die Vögel die Grillen abgelöst und Tau lag schlüpfrig auf den Blättern. Es schwebte ein Geruch in der Luft, herb und süß zugleich, der Geruch der Sonne, die Knospen entzündete und Blüten öffnete. Ich betrachtete den Wagen. Er lag da wie ein Wrack irgendwo am Rand des Highways, wie eine Stahlskulptur, Zeugnis einer längst untergegangenen Kultur. Alles war still. Das war Natur.

Ich ging gerade, so verdreckt und benommen wie der einzige Überlebende eines Bombenangriffs, um das Auto herum, als Digby und Jeff zwischen den Bäumen hinter mir auftauchten. Digbys Gesicht war mit verschmierter Erde schraffiert; Jeff hatte keine Jacke mehr und sein Hemd war an der Schulter zerrissen. Sie latschten sichtlich verlegen über den Parkplatz und stellten sich schweigend neben mich, um das massakrierte Auto anzugaffen. Keiner sprach ein Wort. Nach einer Weile öffnete Jeff die Fahrertür und fing an, die Glasscherben und den Müll vom Sitz zu schaufeln. Ich sah Digby an. Er zuckte die Schultern. »Wenigstens haben sie die Reifen nicht aufgeschlitzt«, sagte er.

Das stimmte: Die Reifen waren intakt. Die Windschutzscheibe war verschwunden, die Scheinwerfer eingeschlagen, und die Karosserie sah aus, als sei sie auf einer Dorfkirmes für einen Vierteldollar pro Hieb mit dem Vorschlaghammer bearbeitet worden, aber die Reifen hatten den vorgeschriebenen Druck. Das Auto war fahrbereit. Schweigend bückten wir uns alle drei und machten uns daran, den Schlamm und die Glassplitter aus dem Innenraum zu scharren. Ich sagte nichts von dem Rocker. Als wir fertig waren, griff ich in die Tasche nach den Schlüsseln, wurde von einer bösen Erinnerung überfallen, verfluchte mich selbst und machte kehrt, um das Gras abzusuchen. Ich entdeckte sie fast im nächsten Augenblick, nicht weiter als anderthalb Meter von der offenen Tür entfernt, wo sie wie Edelsteine im ersten, sich verjüngenden Sonnenstrahl funkelten. Es gab keine Veranlassung, diesbezüglich philosophische Betrachtungen anzustellen: Ich ließ mich behutsam auf dem Fahrersitz nieder und startete den Motor.

Exakt in dem Augenblick rumpelte der silberfarbene Mustang mit den aufgeklebten Flammenverzierungen auf den Parkplatz. Wir erstarrten alle drei; dann glitten Digby und Jeff ins Auto und knallten die Tür zu. Wir schauten zu, wie der Mustang über die Furchen holperte und wippte und schließlich mit einem Ruck neben dem verwaisten Chopper am anderen Ende des Grundstücks stehen blieb. »Lass uns verschwinden«, sagte Digby. Ich zögerte, während der Bel Air unter mir röchelte.

Zwei Mädchen entstiegen dem Mustang. Enge Jeans, Bleistiftabsätze, Haar wie gefrorener Pelz. Sie beugten sich über das Motorrad, stöckelten ziellos auf und ab, sahen ein-, zweimal zu uns rüber und schlenderten dann auf das hoch aufgeschossene Schilf zu, das einen grünen Zaun um den See bildete. Eine von beiden legte sich die Hände trichterförmig um den Mund. »Al«, rief sie. »He, Al!«

»Komm schon«, zischte Digby. »Lass uns hier verschwinden.«

Aber es war zu spät. Das zweite Mädchen stelzte vorsichtig, auf wackeligen Absätzen über den Parkplatz, sah zu uns herüber und dann wieder weg. Sie war älter – fünf-

oder sechsundzwanzig –, und als sie näher herankam, konnten wir sehen, dass mit ihr irgendwas nicht stimmte: Sie war zu oder betrunken, taumelte jetzt und breitete die Arme aus, um das Gleichgewicht zu halten. Ich umklammerte das Lenkrad, als sei es der Hebel des Schleudersitzes in einem brennenden Düsenjäger, und Digby stieß zweimal meinen Namen aus, kurz und ungeduldig.

»Hi«, sagte das Mädchen.

Wir schauten sie an wie Zombies, wie Kriegsveteranen, wie taubstumme Bleistifthausierer.

Sie lächelte mit rissigen, trockenen Lippen. »Hört ma«, sagte sie und beugte den Oberkörper herunter, um durchs Fenster zu schauen, »habt ihr Jungs Al gesehen?« Ihre Pupillen waren Nadelspitzen, ihre Augen Glas. Sie ruckte mit dem Kopf. »Das da drüben is sein Ofen – Al seiner. Habt ihr'n gesehen?«

Al. Ich wusste nicht, was ich sagen sollte. Ich wollte raus aus dem Auto und würgen, wollte heim zu meinen Eltern und ins Bett kriechen. Digby stieß mich in die Rippen. »Wir haben niemand gesehen«, sagte ich.

Das Mädchen schien sich das durch den Kopf gehen zu lassen, während sie einen schlanken geäderten Arm ausstreckte, um sich am Auto abzustützen. »Egal«, nuschelte sie, »wird schon noch aufkreuzen.« Und dann, als hätte sie sich eben erst ein Bild von der ganzen Szenerie gemacht – dem ramponierten Auto und unseren lädierten Gesichtern, der Trostlosigkeit des Ortes –, sagte sie: »He, ihr Jungs scheint ja 'n paa echt üble Burschen zu sein – Schlägerei gehabt, wie?« Wir starrten stur geradeaus, steif wie Katatoniker. Sie wühlte in der Hosentasche und murmelte irgendwas. Endlich hielt sie uns eine Handvoll in Folie eingeschweißter Tabletten hin: »He, wollt ihr ein'n draufmachen, wollt ihr mit Sarah und mir 'n paa von einschmeißen?«

Ich sah sie nur an. Ich dachte, ich müsste gleich weinen. Digby brach das Schweigen. »Nein danke«, sagte er, indem er sich über mich lehnte. »Ein andermal.«

Ich legte den Gang ein, und das Auto setzte sich stöhnend in Bewegung, Glasschrot abschüttelnd wie ein alter Hund, der triefend aus dem Wasser steigt, und kroch, auf seinen ausgeleierten Federn über die Schlaglöcher schaukelnd, auf den Highway zu. Sonne glänzte auf dem See. Ich schaute zurück. Das Mädchen stand noch immer da und sah uns nach, mit hängenden Schultern und ausgestreckter Hand.

# Ein Herz und eine Seele

Wir blicken über die Mais- und Weizenfelder, die in der Mittagssonne gold und goldbraun und gelbbraun flimmern, die grasbewachsene Steigung hinauf zur Scheune, die röter als rot vor einem Himmel, blauer als blau, aufragt, über den Hof, auf dem die Hühner picken, und dann geradewegs auf die Fliegentür an der Rückseite des Hauses. Die Tür geht auf, ein schwarzes Loch im Sonnenschein, und Timmy kommt heraus, sein seidiges Haar weizengelb, sein Gesicht weizengenährt. Er trägt einen frisch gewaschenen Overall, ein gestreiftes T-Shirt und feste blaue Turnschuhe. Ein sanfter Wind sollte wehen – und wir werden nicht enttäuscht –, sein sauberes, feines, rund geschnittenes Haar fliegt auf und legt sich wieder, als er über den Hof zum Rand des Feldes schlurft. Dort bleibt der Junge stehen, um den Blick über die sich wiegenden Ähren schweifen zu lassen, blinzelt nicht, obwohl er in die Sonne blickt, mit Augen, so blau wie gefärbte Linsen. Dann führt er drei Finger, die ein korrektes Dreieck formen, zum Mund und pfeift lange und leise, gegen Ende wird der Ton höher, und in der höchsten Tonlage bricht er ab. Er wartet einen Augenblick: Dann pfeift er noch einmal. Und dann bemerken wir sie – weit entfernt am anderen Ende des Feldes –, die wellenartige Bewegung, die rasende Furche, die undeutliche Erscheinung eines flitzenden Hundes, weiße Brust, aufleuchtende Pfoten.

Jetzt sind sie im Wald. Der Junge pfeift vor sich hin, die Hände in den Hosentaschen, schlendert mit kurzen, plumpen Schritten vorwärts; der Hund an seiner Seite wedelt mit der weißen Schwanzspitze – eine Flagge, die Entwarnung signalisiert. Sie gehen an einer knorrigen alten Eiche mit schwarzer Rinde vorbei. Sie knarrt. Und stürzt ganz plötzlich auf sie, riesig, brutal: eine Panzerfaust. In den Augen des Jungen spiegelt sich Entsetzen wider, und dann ist alles ein verschwommenes Durcheinander, eine weiche Schnauze zerrt an seinem Hosenbein, der Donnerschlag des aufprallenden Stammes, Staub und wirbelnde Blätter. »Menschenskind, Lassie ... ich hab ihn gar nicht gesehen«, sagt der Junge, der jetzt außer Gefahr auf einem Moosfleck sitzt. Die Collie-Hündin sieht zu ihm hoch (die grazile Schnauze, die gedankenvollen goldfarbenen Augen des Logikers) und leckt ihm das Gesicht.

Und jetzt sind sie unten am Fluss. Das Wasser ist braun, aufgewühlt von eitrigen Wirbeln, gespickt mit Ästen, Zaunlatten, Reifen und Planken. Es donnert vorbei wie die Räder von Güterwaggons, frisst sich tief und hinterhältig unter das Ufer, auf dem Timmy steht. Das Rauschen ist so laut wie auf einem Flugplatz: Kein Wunder, dass er das warnende Bellen des Hundes nicht hört. Wir sehen, wie sich eine Spalte auftut, sich zu einem Graben verbreitert; dann bricht eine Hälfte ab (ein Brocken roter Erde, sich windende Würmer), einen Augenblick ist alles in der Schwebe, und dann sackt sie weg und Timmy mit ihr. Nur eine Sekunde, und schon wird er stromabwärts mitgerissen, sein Kopf gebeutelt wie ein Plastikbecher, auf- und abtauchend, treibt er auf den hässlichen Schlund des Wasserfalls zu. Aber da ist die Hündin – schnell, wie sich ein Streichholz entzündet, prescht sie am Ufer entlang, Weiß und Gold in der Bewegung miteinander verschmolzen, das Fell geglättet vom Wind, die Beine bewegen sich im Rhythmus des hechelnden Atems ... Aber was hofft sie zu erreichen? Die Strömung tost weiter, Längen vor ihr, jede Wette, dass der Fluss das Rennen zum Wasserfall gewinnen wird. Timmy treibt näher und näher heran, die Fälle donnern jetzt laut wie hundert Pauken, wie die Kriegstrommeln der Sioux, wie Afrika, das im Wahn eines Blutrausches versinkt! Die Hündin steigert noch das Tempo, jagt über die nasse Erde wie ein Peitschenhieb, spannt auch noch die letzten Ganglien und Dendriten an, bis sie schließlich auf gleicher Höhe mit dem Jungen ist. Dann segelt sie durch die Luft, landet im schäumenden gelben Wasser. Ihre Pfoten arbeiten wie Kolben, die Barthaare beben vor Anstrengung – o das Tosen! –, und da, sie hat ihn, ihre verlässlichen Kiefer packen seinen Hemdkragen, ihre Augen sind starr auf den Felsen am Rand des Wasserfalls gerichtet. Unser Herz rast, unsere Organe schlottern. Der schwarze Abgrund des Wasserfalls, die weißen Pfoten, die sich am Felsen festkrallen – und dann sind sie in Sicherheit. Die Collie-Hündin schnüffelt an Timmys regloser kleiner Gestalt, schubst ihn in die Seite, bis es ihr gelingt, ihn auf den Rücken zu rollen. Dann säubert sie seine Zunge und beginnt die Mund-zu-Mund-Beatmung.

Abend: Auf dem Hof ist es ruhig, eine Glühbirne brennt über der Fliegentür. Im Haus sitzt die Familie beim Abendessen, der Tisch biegt sich unter Koteletts, Bratkartoffeln,

Erbsen und Apfelmus, einem Krug mit frischer weißer Milch, selbst gebackenem Brot. Mom und Dad, ihre Gesichter geschlechtslos, die Mienen nichts sagend, ewig gut gelaunt und mitfühlend, sitzen aufrecht und steif da und führen die Gabeln zum Mund, während Timmy seine Geschichte erzählt: »Und dann hat Lassie meinen Hemdkragen zu fassen gekriegt, und, Menschenskind, ich muss bewusstlos geworden sein, weil ich mich an nichts mehr erinnern kann, und dann bin ich auf dem Felsen wieder aufgewacht –«

»Na so was!«, sagt Mom.

»Du hast Glück, dass du einen so braven Hund hast, mein Sohn«, sagt Dad und blickt zu der Collie-Hündin hinunter, die geduldig daliegt, die Schnauze auf der Pfote, und mit dem Schwanz auf den Boden schlägt. Sie ist gewaschen, gekämmt, flaumig wie eine Wolke, die Wimpern sind getuscht und nach oben gebogen, Brust und Pfoten weiß wie Kernseife. Demütig blickt sie hoch. Aber dann stellt sie die Ohren auf, blitzschnell wendet sie den Hals – und schon steht sie an der Tür, den Kopf schief gelegt, hellwach. Ein hohes, klagendes Jaulen wie ein stotternder Feueralarm erschüttert die Küche. Einmal, zweimal. Der Hund winselt.

»Verdammt«, sagt Dad. »Ich dachte, wir wären die Kojoten los – als Nächstes werden sie wieder hinter den Hühnern her sein.«

Der Mond taucht den Hof in ein bleiches Licht, Bäume und Scheune werfen schwarze Schatten. Im ersten Stock des Hauses schläft Timmy leise atmend im blassen Licht, sein Haar gewissenhaft zerwühlt. Die Collie-Hündin liegt auf dem kleinen Teppich neben dem Bett. Wir sehen, dass ihre Augen geöffnet sind. Plötzlich steht sie auf und geht zum Fenster, lautlos wie ein Schatten. Und an ihrer langen, eleganten Schnauze vorbei blickt sie hinunter in den Hof, wo sich der Kojote von Schatten zu Schatten stiehlt, ein schlaffes Huhn in der Schnauze. Er ist verkrüppelt, räudig, syphilitisch, eine Vorderpfote von einer Falle entstellt, seine Augen tränen. Die Hündin winselt leise hinter dem Fenster. Und der Kojote bleibt wie angewurzelt stehen, erstarrt in einer Scherbe aus kaltem Licht, die Ohren aufgerichtet. Dann lässt er das Huhn vor seine Pfoten fallen, blickt lüstern hinauf zu dem Fenster und stimmt mit trauriger Miene ein leises, schmachtendes Lied an.

Die Fliegentür fällt hinter Timmy ins Schloss, als er aus dem Haus läuft mit Lassie auf den Fersen. Moms Kopf taucht in der Tür auf. »Timmy!« (Er bleibt ruckartig stehen, als ob man ihn mit einem Lasso eingefangen hätte, wendet sich um.) »Du bist vor dem Mittagessen zurück, hast du mich verstanden?«

»Klar, Mom«, sagt er, bereits wieder auf dem Sprung, mit dem Hund an seiner Seite. Wir sehen Moms Gesicht in Nahaufnahme: Sie lächelt ein nachsichtiges Jungen-sind-eben-Jungen-Lächeln. Ihre Zähne sind makellos.

Im Wald tritt Timmy auf eine Klapperschlange und der Hund beißt ihr den Kopf ab. »Mann«, sagt Timmy. »Bist ein braves Mädchen, Lassie.« Dann stolpert er und rutscht über einen Erdwall, rollt einen mit Dickicht bewachsenen Abhang hinunter und fällt in einen jähen Abgrund, wirbelt hinaus in den atemberaubenden blauen Raum wie ein Fallschirmspringer. Sechs Meter weiter unten prallt er auf einem schmalen Felsvorsprung auf. Und sofort rappelt er sich auf, späht ängstlich die steile Wand hinunter auf einen Haufen gebleichter Knochen am Grund. Kleine Steine lösen sich, schießen hinab wie Asteroide. Erdbrocken beginnen abzubröckeln. Aber von oben bellt Lassie beruhigend, sie rennt zurück zur Scheune, holt Winde und Seil, hievt den Jungen in Sicherheit.

Auf dem Rückweg zum Mittagessen geht Timmy durch ein stilles, laubdunkles Wäldchen. Wir stellen mit Befremden fest, dass die Vögel nicht mehr zwitschern und die Grillen nicht mehr zirpen, wundern uns, dass die Hintergrundmusik immer lauter wird. Nach einer Wegbiegung taucht plötzlich der Kojote vor ihnen auf. Die Nase am Boden, völlig vertieft, sich ihrer Anwesenheit nicht bewusst. Aber plötzlich horcht er auf, bebt wie ein Epileptiker, seine Rückenhaare stellen sich auf, er zieht den Schwanz ein. Auch die Collie-Hündin bleibt, nur ein paar Meter von ihm entfernt, wie angewurzelt stehen, ihre Brust stolzgeschwellt, zottlig und weiß. Der Kojote duckt sich, macht einen Buckel wie eine Katze, starrt sie böse an. Timmy fällt vor Angst der Kiefer runter. Der Kojote fletscht die Zähne. Aber dann, statt ihrem Gegner an die Gurgel zu springen, tänzelt die Hündin auf ihn zu und streckt ihm die Nase entgegen, ihre Augen sanftmütig wie die einer Hauptdarstellerin, rund wie die eines Rehs. Sie ist eingecremt und parfümiert; ihre volle Brust verjüngt sich nach unten zu schlanken Schenkeln und formvollendeten Beinen. Er ist mickrig, ein Wicht, halb so groß wie sie, sein Fell wie ein abgewetzter Türvorleger. Jetzt umkreist sie ihn schnüffelnd. Sie winselt, er knurrt: kehlig und grimmig, der Bösewicht. Und er hält still, als sie seine Barthaare leckt, an seinem Hinterteil, seinem blanken schwarzen Skrotum riecht. Timmy ist vor Entsetzen wie gelähmt. Dann geht die Musik in zwitschernde Flöten- und Harfenklänge über, der Kojote dreht sich mit zurückgeworfenem Kopf um, die schwarzen Lefzen gestrafft in freudiger Erwartung.

»Was hat sie bloß gemacht, Dad?«, fragt Timmy, ein Glas Milch in der einen Hand, ein Sandwich in der anderen.

»Der Himmel heute war strahlend blau, mein Sohn«, sagt er.

»Aber sie hatte ihn in der Falle, Dad – sie steckten ineinander, und ich habe gedacht, jetzt haben wir ihn, den bösen alten Kojoten, aber dann hat sie ihn einfach laufen lassen – was war bloß in sie gefahren, Dad?«

»Die Scheune sah heute ganz rot aus, mein Sohn«, sagt er.

Später Nachmittag. Die Sonne ist warm, mehr orange als weiß. Rötliche Schattenklumpen hängen in den Ästen, lösen sich von den Baumstämmen. Bienen, Wespen und Fliegen summen in der feuchten, gesättigten Luft. Timmy und der Hund sind draußen, jenseits der nördlichen Weide, bei dem alten indianischen Grabhügel, wo der Junge den Boden nach Pfeilspitzen absucht. Merkwürdigerweise kümmert sich die Hündin nicht um ihn: Stattdessen läuft sie oben auf dem Hügel hin und her, winselt leise, bleibt von Zeit zu Zeit stehen, um auf den Wald zu starren, mit abwesendem, irrem Blick. Hinter ihr stehen Gewitterwolken am Horizont wie dunkle Nieren oder Gehirne.

Wir sehen, wie Wind aufkommt: Blätter flattern wie zum Trocknen aufgehängte Wäsche, junge Bäume biegen sich, Büsche und Gras werden zu Boden gepeitscht. Jetzt wird es schnell dunkel, die tief hängenden Wolken jagen wie Rauchfetzen über die Baumwipfel, verdecken die Sonne. Lassies Fell ist weißer als je zuvor, leuchtet vor dem düsteren Horizont, das windgepeitschte Fell fliegt wie Schaum um ihren Körper. Noch immer wirft sie keinen Blick auf den Jungen: Er buddelt, mit schmutzigen Knien, gebeugtem Rücken, ganz in seine Beschäftigung versunken. Dann fallen vereinzelt die ersten dicken Tropfen, ein Blitz, das vulkanische Getöse des Donners. Als es kracht, wirft Timmy einen Blick über die Schulter, gerade rechtzeitig, um die versengte Tanne auf den Sommersprossenfleck in der Mitte seiner Stirn zustürzen zu sehen. Jetzt wendet sich auch die Collie-Hündin um – zu spät! –, das *Wusch-Krach!* des aufprallenden Baums, die zitternden Nadeln. Augenblicklich ist sie zur Stelle, zerrt an dem grünen Chaos, kämpft sich zu ihm durch. Er liegt bewusstlos auf der aufgeweichten Erde, das Haar kunstvoll arrangiert, ein schmaler Kratzer ist auf seine Backe gemalt. Der Baumstamm liegt wie der Schwanz eines Brontosaurus quer über seinem Rücken. Der Regen prasselt hernieder.

Lassie zerrt verbissen an einem Ast, ihre hübschen Pfoten finden keinen Halt in der nassen Erde – aber umsonst, man bräuchte einen Flaschenzug, einen Kran, eine Armee von Holzfällern, um dieses hartnäckige Hindernis von der Stelle zu bewegen. Sie strauchelt, leckt sein Ohr, winselt. Wir beobachten ihren besorgten Blick, als sie angesichts der Alternativen unsicher zögert: Soll sie Wache stehen oder Hilfe holen? Die Entscheidung wird unwiderruflich und schnell gefällt – in ihren Augen spiegelt sich Entschlossenheit, und schon schießt sie davon wie ein Schrapnellsplitter, ist bereits oben auf dem Hügel, an den tropfenden Bäumen vorbei, über den Fluss, stürmt durch die hohen, nassen Weizenfelder.

Einen Augenblick später rast sie über den mit Pfützen übersäten, regenverhangenen Hof, rennt bellend auf die

Hintertür zu, vor der sie stehen bleibt, um auf anmutige Weise an ihr zu scharren, mit aufgeregtem, beharrlichem Gebell. Mom macht die Tür auf und die Collie-Hündin trottet herein, ihre Klauen scharren auf dem glänzenden Linoleumboden. »Was ist los, mein Mädchen? Was ist los? Wo ist Timmy?«

»Wuff! Wu-u-wuff-wuff-wuff!«

»O Gott! Dad! Dad, komm schnell!«

Dad stürzt herein, seine Miene so unerschütterlich und Vertrauen einflößend wie das Lincoln-Denkmal. »Was gibt es, Schatz...? Was ist los, Lassie?«

»O Dad, Timmy liegt unter einer Tanne begraben, draußen beim alten Grabhügel der Indianer —«

»Waff-waff.«

»— eineinhalb Meilen hinter der nördlichen Weide.«

Dad reagiert rasch, energisch, entschlossen. »Lassie — du läufst zurück und passt auf Timmy auf... Mom und ich holen Doc Walker. Los, beeil dich.«

Die Collie-Hündin zögert an der Tür. »Rrrr-wuff-rrr!«

»Richtig«, sagt Dad. »Mom, hol die Kettensäge.«

Jetzt sind wir wieder im Wald. Mit Hilfe einer Aufnahme des mittlerweile völlig verschlammten Grabhügels orientieren wir uns — ja, da ist die umgestürzte Tanne und dort: Timmy. Er liegt in einer Pfütze, seine Augen sind geschlossen, er atmet langsam. Das Rauschen des Regens ist so laut wie eine atmosphärische Störung. Wir sehen, was der Regen anrichtet: Er wirbelt Blätter durch die Luft, bildet Erdspalten, lässt Flüsse über die Ufer treten. Er sammelt sich in den Niederungen, in mittleren und hoch gelegenen Regionen. Dann eine Aufnahme des Dammes, der in unbestimmter (aber wir nehmen an, kurzer) Entfernung vom

Schauplatz liegt, das uringelbe Wasser schäumt über den Rand, der hässliche Erdbauch ist aufgebläht, mit Blasen überzogen. Regentropfen hinterlassen Pockennarben auf der Oberfläche.

Plötzlich hören wir die bewussten, bedrohlich anschwellenden Akkorde – wir befinden uns wieder bei der Tanne. Was ist los? Dort: der Kojote. Er schnüffelt verstohlen, mit bösem Blick, schleicht geduckt herum. Als er den Jungen bemerkt, richtet er sich auf – aber dann schleicht er näher, gummiartiger Geifer tropft von seinen schiefen Zähnen. Er schleicht noch näher. Jetzt steht er vor der liegenden Gestalt, die Unheil verkündenden Akkorde versetzen unseren Magen in Unheil verkündende Schwingungen. Den Kopf zwischen den Schultern eingezogen, beugt er sich über den Jungen, die Pupillen in den Augenwinkeln: argwöhnisch, verschlagen, beutegierig – der Geier, der über dem gefallenen Rehkitz geifert.

Aber halt! Hier kommt die Collie-Hündin, sie sprintet aus dem Weizenfeld hervor, springt von Fels zu Fels über den tosenden Fluss, ihre Konturen sind verwischt, so schnell und zielstrebig rast sie dahin, die Musik steigert sich zu einem irrsinnigen, heroischen Prestissimo!

Im Bild der holpernde Vordersitz eines Ford. Dad, Mom und der Arzt, alle mit Regenmänteln und breitkrempigen Südwestern bekleidet, sitzen Schulter an Schulter hinter den quietschenden Scheibenwischern. Ihre Gesichter sind starr vor Entschlossenheit, in ihren Augen funkelt der Schneid der Pioniere.

Die Kiefer des Kojoten, seine gezackten Zähne machen sich an den harten Knochen und Knorpeln von Timmys linker Hand zu schaffen. Die Lider des Jungen flattern vor Schmerz und kaum merklich hebt er den Kopf – aber nahezu augenblicklich fällt er matt und willenlos zurück in den Schlamm. In diesem Moment stürmt Lassie wie eine angreifende Kavallerieabteilung über den Hügel, in ihren Augen lodert mustergültig Entrüstung. Das Gerippe von einem Kojoten sieht zu ihr auf, Blut tropft aus seiner Schnauze, hektisch schlingt er kleine Fleischstücke hinunter. Er sieht zu ihr auf aus dreißig Millionen Jahre alten Augen, wild, blutrünstig und frei. Er sieht ungerührt auf, ohne zurückzuweichen, die blutige Schnauze und der feste Blick der gelben Augen sind weniger eine physische als eine philosophische Herausforderung. Wir beobachten, wie sich der Ausdruck der Collie-Hündin mitten im Sprung verändert – wie der Blick beleidigter Hundezüchter-Moral verschwimmt, sich auflöst. Sie bleibt schlitternd stehen, lässt den Schwanz sinken und nähert sich ihm, ihre goldenen Augen blicken butterweich. Sie leckt das Blut von seinen Lippen.

Der Damm. Er ist unwahrscheinlich angeschwollen, der Regen wirft Eiterblasen auf der gelben Oberfläche, jede Minute stürzen sich hundert neue Ströme in den Fluss, der Druck dieser anstürmenden Millionen und Abermillionen Liter Wasser. Da! Der erste Riss, das Wasser stürzt heraus, eine geplatze Beule. Der Damm erzittert, birst, zerbricht wie billiges Porzellan. Der Krach ist ohrenbetäubend.

Angesichts dieses schrecklichen Grollens schrecken die zwei Tiere hoch, noch immer mahlen ihre klebrigen Kiefer, und laufen den Hügel hinauf. Wir sehen, wie der Schwanz mit der weißen Spitze und der verstümmelte, zeckenübersäte graue Schwanz gemeinsam kleiner werden – sie wedeln wie zerlumpte Fahnen, während sie zwischen den Bäumen oben auf dem Hügel verschwinden. Wir bleiben mit einem Tableau zurück: der Regen, die umgestürzte Tanne am Grund des Tals, der Kopf des Jungen als kleiner Fleck. In unseren Ohren dröhnt das grässliche Tosen. Plötzlich taucht eine Wand aus Wasser am anderen Ende des Tals auf, wälzt sich das abschüssige Gelände hinunter wie eine gottgroße Faust, reißt Baumstämme und Geröll mit sich, frisst sich einen Weg wie ein plötzlich geschmolzener Gletscher, wie kollidierende Planeten. Ein Schnitt und wir sehen Timmy: Die Augen geschlossen, das Haar verklebt, sein linker Arm sieht aus, als ob er in Fleischerpapier eingewickelt gehörte. Wie?, fragen wir uns. Wie werden sie es jemals schaffen, ihn dort rauszuholen? Aber dann kommen sie ins Bild – Mom, Dad und der Arzt kämpfen sich die Anhöhe hinauf, stürmen im Rhythmus mit der frenetischen Musik voran, die Sturzflut schäumt brausend und brodelnd näher. Dad, der die Führung übernommen hat, stürzt sich hügelabwärts – aber das Wasser schwappt bereits über die entwurzelte Tanne, schwemmt sie davon wie ein Blatt Papier – dann verschwimmt das Bild, ein schneller Schnitt, und wir sehen kurz das Wüten eines Taifuns auf See (leuchtet da ein blonder Haarschopf auf?), und dann ist es vorbei. Das Tal ist bis obenhin überflutet, das Wasser rauscht und strömt wie der Colorado an seinem Oberlauf. Dads Hosen sind bis zum Schritt nass.

Moms Gesicht, das des Arztes. Regen. Und dann hören wir die ersten Akkorde der Titelmelodie, zunächst nur eine Geige, die in der Tradition des Mittleren Westens trauernd triumphiert, dann setzt das ganze Orchester ein, tränenreich, schön, heroisch. Es spült uns aus dem unheilvollen Regen zurück zu den goldenen Weizenfeldern, die in der mittäglichen Sonne liegen. Der Junge legt die Hände an den Mund und ruft: »Laa-ssiiee! Laa-ssiiee!« Und dann bemerken wir sie – weit entfernt am anderen Ende des Feldes –, die wellenartige Bewegung, die rasende Furche, die undeutliche Erscheinung eines flitzenden Hundes, weiße Brust, aufleuchtende Pfoten.

# Großwildjagd

Wenn der Preis stimmte, durften die Leute abschießen, was sie wollten, sogar den Elefanten, aber Bernard hielt seine Gäste lieber etwas zurück. Einerseits gab es immer eine Riesenschweinerei, und außerdem verliehen die großen Viecher – Elefant, Nashorn, Wasserbüffel, Giraffe – dem Laden ja letzten Endes seine Glaubwürdigkeit, ganz zu schweigen vom Lokalkolorit. Und dann waren sie auch ziemlich schwer aufzutreiben. Noch heute tat es ihm Leid, dass er diesem Bubi aus der Heavy-Metal-Band erlaubt hatte, eine seiner Giraffen abzuknallen – auch wenn er für die Aktion locker zwölftausend Dollar auf sein Konto hatte einzahlen können. Oder dieser Idiot von MGM, der auf eine Zebraherde losballert und dabei gleich noch zwei Strauße geköpft und den nubischen Wildesel verstümmelt hatte. Na ja, so etwas konnte vorkommen – und immerhin war er bei den großen Tieren hoch genug versichert, um den halben Zoo von Los Angeles aufkaufen zu können, wenn es sein musste. Zum Glück hatte sich wenigstens noch keiner in den Fuß geschossen. Oder in den Kopf. Natürlich war er auch dagegen versichert.

Bernard Puff erhob sich von dem schweren Mahagonitisch und kippte seinen Kaffeesatz in den Ausguss. Er war nicht direkt nervös, aber doch etwas unruhig; sein Magen rumorte und verkrampfte sich um den unverdaulichen Klumpen eines Frühstückshörnchens, seine Hände zuckten und zitterten vom Kaffee. Er zündete sich eine Zigarette an, um ruhiger zu werden, und starrte durch das Küchenfenster auf den Pferch der Dromedare, in dem eines dieser mottenzerfressenen arabischen Viecher systematisch die Rinde einer Ulme abnagte. Er betrachtete es voller Staunen, als hätte er es noch nie gesehen – die flexiblen Lippen und dieser bescheuerte Blick, die blöde malmenden Kiefer –, und nahm sich insgeheim vor, für die Kamele einen Sonderpreis anzubieten. Die Zigarette schmeckte nach Blech, nach Tod. Irgendwo stieß eine Spottdrossel ihren gellenden, wimmernden Schrei aus.

Die neuen Gäste mussten jeden Moment eintreffen und bei der Aussicht auf neue Gäste wurde ihm jedes Mal ganz anders – es konnten einfach zu viele Dinge schief gehen. Die Hälfte von ihnen konnte das eine Ende des Gewehrs nicht vom anderen unterscheiden, sie wollten den Brunch zu Mittag und anschließend eine Massage, und sie meckerten über alles und jedes, angefangen bei der Hitze über die Fliegen bis zum Brüllen der Löwen in der Nacht. Schlimmer noch, die meisten wussten offenbar nichts mit ihm anzufangen: Die Männer sahen in ihm meist eine Art guten Kumpel im Blaumann und bedachten ihn pausenlos mit lüsternem Grinsen, dreckigen Witzen und verkehrter Grammatik, und die Frauen behandelten ihn wie eine Kreuzung zwischen Oberkellner und Wasserträger. Anfänger und Greenhorns, alle miteinander. Emporkömmlinge. Raffkes. Die Sorte Leute, die Klasse nicht einmal erkannten, wenn sie sie in die Nase biss.

Bernard drückte die Zigarette grimmig in der Kaffeetasse aus, wirbelte auf den Fußballen herum und stürmte durch die Schwingtür hinaus in den hohen dunklen Korridor, der in die Eingangshalle führte. Schon jetzt war es drückend heiß, die Deckenventilatoren rührten vergeblich in der toten Luft rund um seine Ohren, und auf seinen frisch rasierten Backenknochen juckte der Schweiß. Er trampelte den Korridor entlang, ein wuchtiger Mann in Wüstenstiefeln und Khakishorts mit zu viel Bauch und einem etwas übereifrigen, tölpelhaften Gang. In der Halle war niemand, auch die Rezeption war unbesetzt. (Espinoza fütterte gerade die Tiere – Bernard konnte von weitem das Kreischen der Hyänen hören –, und das neue Mädchen – wie hieß sie gleich? – war bisher noch nie pünktlich zur Arbeit erschienen. Kein einziges Mal.) Das Haus wirkte menschenleer, obwohl er wusste, dass Orbalina oben die Betten machte und Roland sich irgendwo heimlich einen hinter die Binde goss – aber vermutlich draußen hinter den Löwenkäfigen.

Eine Weile blieb Bernard reglos in der Halle stehen, vor dem martialischen Hintergrund von Kudu- und Oryxantilopenschädeln, und las zum zehnten Mal an diesem Morgen die Karte mit der Reservierung:

Mike und Nicole Bender
Bender-Immobilien
15125 Ventura Blvd.
Encino, California

Maklertypen. Du liebe Güte. Ihm waren die Leute vom Film allemal lieber – oder sogar die Rock-'n'-Roll-Freaks mit ihren Nietenarmbändern und den tuntigen Frisuren. Die waren zumindest bereit sich auf die Illusion einzulassen, »Puffs Afrika-Großwildranch«, die auf einem tausend Hektar großen Grundstück gleich vor den Toren von Bakersfield lag, sei der wahre Jakob – die Etoscha-Pfanne, der Ngorongoro-Krater, die Serengeti –, aber diese Maklertypen sahen jeden Sprung im Verputz. Immer wollten sie nur wissen, wieviel er für das Grundstück gezahlt hatte und ob es auch parzelliert werden durfte.

Er blickte zu den grinsenden gelben Zähnen der Rappenantilope hinauf, die an der Wand hinter ihm hing – jener Antilope, die sein Vater in Britisch-Ostafrika erlegt hatte, damals in den Dreißigern –, und stieß einen Seufzer aus. Geschäft war Geschäft, und letzten Endes war es ja auch schnurzegal, wer seine Löwen und Gazellen durchlöcherte – solange sie dafür zahlten. Und das taten sie immer, den vollen Betrag, und zwar in bar. Dafür sorgte Bernard.

»Vor sechs Monaten waren wir doch bei Gino Parducci essen, Nik, oder? Sechs Monate ist das her, oder? Und hab ich damals nicht gesagt, wir würden diese Afrikageschichte in sechs Monaten durchziehen? Stimmt's?«

Nicole Bender saß entspannt auf dem Beifahrersitz des weißen Jaguar XJS, den ihr Mann ihr zum Valentinstag geschenkt hatte. Auf ihrem Schoß verstreut lag ein Stapel Handarbeitszeitschriften, darauf zwei Bambusstricknadeln, an denen das Embryonalstadium eines Kleidungsstücks hing, so blass, dass sich die Farbe kaum definieren ließ. Sie war siebenundzwanzig, blond und früher Schauspielerin/Dichterin/Fotomodell/Sängerin gewesen; ihr Trainer hatte ihr vor zwei Tagen erst gesagt, sie habe von allen Frauen, mit denen er jemals gearbeitet habe, wohl die vollkommenste Figur. Natürlich wurde er dafür bezahlt, solche Dinge zu sagen, doch tief im Herzen ahnte sie, dass es die Wahrheit war, und sie musste es immer wieder hören. Sie wandte sich an ihren Mann. »Ja«, sagte sie, »allerdings. Aber ich hab dabei eher an Kenia oder Tansania gedacht, um ehrlich zu sein.«

»Ja, ja«, gab er ungeduldig zurück, »ja, ja, ja.« Er stieß die Worte hervor wie Kugeln aus einem der brandneuen schimmernden großkalibrigen Jagdgewehre, die im Kofferraum lagen. »Aber du weißt genau, ich kann mir keine sechs Wochen Urlaub nehmen, nicht jetzt, wo wir gerade das neue Büro in Beverly Hills aufmachen und das Montemoretto-Geschäft so gut wie in der Tasche haben ... Außerdem, da drüben ist es ziemlich gefährlich, alle sechs Minuten bricht dort eine Revolution oder ein Bürgerkrieg oder sonst was aus, und was glaubst du, wem geben sie die Schuld, wenn alles drunter und drüber geht? Den Weißen, logisch. Und jetzt sag mal: Wo wärst du dann am liebsten?«

Mike Bender war ein nur mühsam gezügeltes Energiebündel, eine Dampfwalze von Mann, der es innerhalb von nur zwölf kurzen Jahren vom Empfangssekretär zum König und Despoten seines eigenen Maklerimperiums gebracht hatte. Er hörte sich gerne reden, die kostbaren Wörter kullerten ihm von den Lippen wie Münzen aus einem Spielautomaten, beim Sprechen berührte er mit den Fingerspitzen flüchtig die Zunge, die Haare, die Ohren, die Ellenbogen und den Schritt seiner Hose, wand sich geradezu in der rastlosen Dynamik, die ihn reich gemacht hatte. »Und dann gibt's da Tsetsefliegen, schwarze Mambas, Beriberi, Beulenpest und weiß Gott was sonst noch alles – ich meine, stell dir Mexiko vor, nur hundertmal schlimmer. Nein, wirklich, glaub mir – Gino hat mir geschworen, dass diese Ranch fast hundertprozentig an die Realität rankommt, nur eben ohne den Stress.« Er schob die Sonnenbrille vor und sah sie über den Rand hinweg prüfend an. »Willst du etwa sagen, du würdest dir lieber den Arsch abfressen lassen, in irgendeinem windschiefen Zelt in, in« – ihm fiel einfach kein hinreichend ungemütlicher Ort ein, deshalb improvisierte er – »in Sambesiland?«

Nicole zuckte die Achseln und schenkte ihm eine Andeutung des Schmollmundlächelns, das sie für die Fotografen aufgesetzt hatte, als sie mit neunzehn in der Sommergarderobe für den J.-C.-Penney-Katalog posierte.

»Du kriegst deinen Zebrafellvorleger schon noch, wart's nur ab«, beruhigte Mike sie, »und dazu noch ein paar Köpfe von Löwen oder Gazellen, oder was sich eben an der Wand im Arbeitszimmer gut machen würde, okay?«

Der Jaguar schoss durch die Wüste wie ein Lichtstrahl. Nicole nahm ihr Strickzeug vom Schoß, überlegte es sich anders und legte es wieder zurück. »Okay«, flüsterte sie heiser, »aber ich hoffe bloß, diese Ranch ist nicht allzu, du weißt schon, *spießig*.«

Ein raues Lachen erklang vom Rücksitz, wo Mike Benders zwölfjährige Tochter Jasmine Honeysuckle Rose Bender es sich mit den letzten zehn Ausgaben von ›Bop‹ und einem Sechserpack Selters bequem gemacht hatte. »Jetzt macht mal halblang! Ich meine, Löwen abknallen in Bakersfield? Das ist ja wohl das Allerspießigste. Spießig, spießig, spießig!«

Mike Bender saß hinter dem Lenkrad, den Hintern in das geschmeidige Ziegenleder des Sitzes geschmiegt, vor seinem inneren Auge Visionen von springenden Buntböckchen, und war leicht verärgert. Löwen und Elefanten und Nashörner hatte er schon seit seiner Kindheit jagen wollen, seitdem er zum ersten Mal Henry Rider Haggards ›Allan Quatermain, der weiße Jäger‹ und die klassische Comic-Version von ›König Salomos Schatzkammer‹ gelesen hatte. Und dies war nun seine Chance. Gut, es war vielleicht nicht Afrika, aber wer hatte schon Zeit für Safaris? Drei freie Tage am Stück waren für ihn schon ein Glücksfall. Und da drüben durfte man ja sowieso nichts abschießen. Jedenfalls nicht mehr. Das waren jetzt alles Schutzgebiete, Wildparks und Reservate. Es gab dort keine weißen Jäger mehr. Nur noch Fotografen.

Eigentlich wollte er ihr in seinem schärfsten Tonfall antworten: »Jetzt hör schon auf!«, mit der Stimme, die sein Verkäuferteam in Deckung gehen und seine Konkurrenten erstarren ließ, aber er bewahrte Ruhe. Nichts sollte ihm dieses Abenteuer kaputtmachen. Gar nichts.

Es war nach Mittag. Die Sonne hing über ihnen wie ein Ei im Glas. Das Thermometer im Schuppen stand auf über fünfundvierzig Grad, draußen regte sich nichts außer den Geiern, die hoch oben in der ausgebleichten Leere des Himmels kreisten, und die ganze Welt schien ein Schläfchen zu halten. Bis auf Bernard Puff. Bernard war außer sich – die Benders hatten sich für zehn Uhr morgens angesagt, jetzt war es Viertel nach zwei, und sie waren immer noch nicht da. Er hatte Espinoza die Thomson-Gazellen und die Elenantilopen um neun aus dem Pferch treiben lassen, aber weil er fürchtete, sie würden sich in der Hitze zu tief im Unterholz verstecken, hatte er ihn mittags losgeschickt, um sie wieder zurückzuholen. Die Giraffen waren nirgends zu sehen und der Elefant war an der Eiche angeleint, die Bernard so gestutzt hatte, dass sie an eine Schirmakazie erinnerte, und sah so zerzaust und verstaubt aus wie ein Haufen taiwanesischer Reisetaschen, die jemand auf dem Flughafen vergessen hatte.

Bernard stand in der Hitze auf dem ausgetrockneten Vorplatz und blinzelte zu der Wand aus Elefantengras und Euphorbien hinüber, die er gepflanzt hatte, um den Ölförderkran zu verdecken (nur wenn man wusste, dass er da war, ahnte man die Bewegung des großen Stahlauslegers, der sich hob und senkte und wieder hob und senkte). Er war verzweifelt. So sehr er sich auch angestrengt hatte, das Gelände sah immer noch aus wie ein Zirkuslager, die Überreste eines ausgebombten Zoos, eine platte, staubige, ausgeglühte ehemalige Mandelplantage in der sengend heißen Südostecke des San Joaquin Valley – und genau das war es ja. Was würden die Benders davon halten? Und, wichtiger noch: Was würden sie von sechshundert Dollar pro Tag halten, zahlbar im Voraus, zuzüglich Gebühren von einem Tausender pro abgeschossene Gazelle, über zwölftausend für einen Löwen und »Preis nach Vereinbarung« für den Elefanten? Immobilienmakler hatten sich schon öfter dagegen gesträubt und das Geschäft boomte in letzter Zeit keineswegs.

Am Himmel zogen die Geier ihre Kreise. Ihm lief der Schweiß herunter. Die Sonne kam ihm vor wie eine feste Hand, die ihn in die kühle Küche lenkte, zu einem großen Glas Chininwasser (das er eher aus Effekthascherei als wegen des therapeutischen Wertes trank: Innerhalb von tausend Kilometern gab es keine einzige Malariamücke). Er wollte es gerade aufgeben, da erspähte er das ferne Aufblitzen einer Glasscheibe und sah den Wagen der Benders auf der Einfahrt Staubwolken aufwirbeln.

»Roland!«, brüllte er, und auf einmal war jedes sterbliche Gramm an ihm in Bewegung. »Scheuch die Affen raus in die Bäume! Und die Papageien!« Plötzlich joggte er über den staubigen Platz und den Fußweg entlang, an dessen Ende die Elefantenkuh lag, unter dem Baum zusammengesackt. Bernard nestelte an dem Ledergurt, um sie loszubinden, und fragte sich, ob Roland wohl so schlau sein würde, der Geräuscheffekte wegen die Löwen und Hyänen ein wenig aufzuscheuchen, als sie ganz unerwartet mit einem gewaltigen Prusten auf die Beine kam und leise trompetete.

Na bitte. Das war doch was – wenigstens musste er sie jetzt nicht mit dem Elfenbeinstock anstacheln.

Bernard betrachtete das Tier erstaunt – hatte also doch noch ein bisschen Showtalent in sich, das betagte Mädchen. Entweder das, oder es war der Altersschwachsinn. Alt war sie – Bernard wusste nicht genau, wie alt, aber immerhin war diese Veteranin achtunddreißig Jahre lang mit den Ringling Brothers und dem Barnum & Bailey Circus herumgezogen und unter dem Namen »Bessie Bee« aufgetreten, aber gehört hatte sie immer nur auf »Shamba« – jedenfalls wenn man den Stock benutzte. Bernard sah kurz zur Einfahrt, wo jetzt ein weißer Jaguar aus den gewaltigen Staubschwaden auftauchte, dann hörte er die Affen kreischend aus ihren Käfigen stieben und auf die Bäume klettern. Er sammelte sich, rang sich ein Grinsen ab, rote Backen und viel Gebiss, zog den Leopardenfellgürtel fester, schob sich den Tropenhelm in den Nacken und marschierte los, um seine Gäste zu begrüßen.

Als die Benders dann vor der Veranda zum Stehen kamen, saßen die Papageien in den Bäumen, der Marabu hackte auf einen Haufen Gedärme ein, und die Löwen brüllten markerschütternd in ihren nicht einsehbaren Ställen hinter dem Haus. Roland, in Massaitoga und mit

Löwenzahnkette, sprang behände die Treppe hinunter, um Bender die Autotür zu öffnen, während Bessie Bee ganz in der Nähe herumtappte, mit den Ohren schlenkerte und Staub in die Luft prustete. »Mr. Bender«, rief Bernard und streckte einem Vierzigjährigen im Polohemd und mit Sonnenbrille die Hand entgegen, »willkommen in Afrika.«

Bender hüpfte aus dem Wagen wie ein Kind im Zoo. Er war groß, schlank, braun gebrannt – warum mussten sie nur immer alle wie Profi-Tennisspieler aussehen?, fragte sich Bernard – und blieb kurz in der Hitze stehen. Er schüttelte Bernard geschäftsmäßig die Hand und setzte dann, in den Mundwinkeln zuckend, an den Ohren zupfend und mit den Füßen scharrend, zu einer Entschuldigung an: »Tut mir Leid, dass wir so spät dran sind, Bernard, aber meine Frau – darf ich Ihnen meine Frau vorstellen? –, die wollte noch ein paar Filme haben, und am Ende haben wir bei Reynoso, diesem Fotoshop in Bakersfield – kennen Sie den? –, den halben Laden leer gekauft. Günstige Preise, wirklich günstig. Was soll's, wir haben ja sowieso 'ne neue Videokamera gebraucht, schon für« – er machte eine Geste, die das Haus, die Nebengebäude, den Elefanten, die Affen auf den Bäumen und die Ebene in der sengenden Sonne ringsherum umfasste – »all das hier.«

Bernard nickte, lächelte, murmelte zustimmend, aber er hatte auf Autopilot geschaltet – seine Aufmerksamkeit galt voll der Ehefrau, der Roland jetzt auf der anderen Seite des Wagens eilfertig die Tür aufhielt. Sie hob die reizenden blassen Arme, um sich das Haar zu zerwuscheln und die Augen hinter einer Sonnenbrille zu verstecken, und Bernard hieß sie mit seinem besten britisch-kolonialen Akzent willkommen (auch wenn er allenfalls englische Vorfahren hatte und nie im Leben weiter östlich als Reno gewesen war). Zweite Ehe, keine Frage, dachte er, während sie seinen Gruß mit einem kaum merklichen Lächeln ihres Schmollmundes erwiderte.

»Ja, ja, sicher doch«, sagte Bernard als Antwort auf eine weitere Idiotie aus dem Mund des Ehemanns, und seine wasserblauen Augen erfassten nun die Tochter – schwarzes Haar wie eine Indianerin und fast so dunkelhäutig –, und er wusste sofort, dass sie Ärger bedeutete: Sie war die Sorte Kind, die ihre Hässlichkeit wie eine Waffe pflegte.

Nicole Bender musterte ihn lange und ausgiebig über die Motorhaube hinweg, und im nächsten Moment stand er neben ihr und drückte ihr die Hand, als probierte er einen Handschuh an. »Heiß heute, Teufel auch«, sagte er, stolz auf seine britische Ausdrucksweise, dann geleitete er sie die breiten Steinstufen hinauf ins Haus, während ihr Mann mit einem ganzen Stapel Gewehre herumhantierte. Die Tochter schlurfte hinterdrein und beschwerte sich bereits über irgendetwas mit einer hohen nörgelnden Quengelstimme.

»Das hab ich nicht gesagt, Mike – du hörst mir eben nie zu. Ich finde die Gazellen ja *wirklich* sehr hübsch, und ins Büro passen sie bestimmt perfekt, aber ich dachte an etwas ... na ja, *Größeres* für die Eingangshalle, und dann noch mindestens drei von diesen Zebras – zwei für dein Zimmer, würde ich sagen, und eins werden wir noch für die Skihütte brauchen ... um diese hässliche Holzverkleidung hinter der Bar zu verdecken.«

Mike Bender war längst bei seinem vierten Gin Tonic. Schon verflog allmählich das Hochgefühl, das er bei seinem ersten Abschuss verspürt hatte, und wich nagender Frustration und Wut – wieso konnte Nikki nicht endlich den Mund halten, wenigstens eine Sekunde lang? Kaum hatten sie sich umgezogen und waren in die Savanne oder Steppe rausgefahren, oder wie das nun hieß, da hatte sie damit angefangen. Mit einem sauberen Schuss hatte er eine Thomson-Gazelle aus zweihundert Meter Entfernung umgenietet, und noch bevor das Vieh am Boden lag, machte sie es madig. *Huch*, sagte sie, als hätte sie jemand auf der Toilette überrascht, *aber die ist ja ganz klein*. Und dann warf sie sich in Pose für Bernard Puff und den farbigen Kerl, der die Gewehre schleppte und die Kadaver häutete. *Fast wie ein Karnickel mit Hörnern.*

Und jetzt beugte sich der große weiße Jäger über den Tisch, um sie zu besänftigen; sein Khakisafarihemd spannte über dem Bauch, und sein Akzent klang so unecht, als hätte er ihn aus einer Monty-Python-Nummer. »Mrs. Bender, Nicole«, begann er und wischte sich sein Gesicht, diese ekelhafte Blutblase, mit einem großen karierten Taschentuch ab, »die Zebras holen wir uns morgen früh, wenn es noch kühl ist, und wenn Sie drei wollen, werden es drei sein, kein Problem. Oder vier, wenn Sie möchten. Fünf. Wer die Munition mitbringt, für den haben wir auch das Wild.«

Mike sah zu, wie der Kurzhaarschädel zu ihm herumfuhr. »Und, Mike«, fügte Puff hinzu, jovial wie ein Fremdenführer, aber mit genau der richtigen Andeutung von Dramatik in der Stimme, »am Abend ist es dann Zeit für die großen Viecher, die Männer aus uns machen, für den alten Simba höchstpersönlich.«

Wie zur Antwort ertönte irgendwo hinter den dunklen Fenstern ein Fauchen und ein Brüllen, und Mike Bender spürte die Wildheit, die in der dünnen Nachtluft zu ihnen herüberwehte – Löwen, die Löwen, von denen er geträumt hatte, seit er als Kind mit seiner Tante im Zoo des Central Park gewesen war und das Gebrüll der großen, zottligen Tiere mit den gelben Augen ihn bis in seine urtümlichsten Wurzeln aufgerüttelt hatte. In der Wildnis zu sein, in dieser afrikanischen Nacht, in der es von Raubtieren nur so wimmelte, großköpfig und dickhäutig, der Sprung, das Zupacken, das Reißen von Sehnen und das Brechen von Knochen – es war Furcht erregend und wunderschön zugleich. Aber warum roch es so nach Öl?

»Was meinen Sie, altes Haus? Sind Sie dabei?« Puff grinste jetzt, und hinter seiner massigen, löwenartigen Gestalt sah Mike, aufgereiht wie Stammesmasken, die Gesichter seiner Frau und seiner Tochter.

Nichts brachte Mike Bender, den König von Encino, aus der Fassung. Kein Verkäufer konnte ihm standhalten, kein Käufer konnte ihn herunterhandeln. Seine Verträge waren wie Schraubstöcke, seine Kampagnen wie Dampfhämmer, seine Anlagen so solide wie ein Berg aus Eisenerz. »Ich bin dabei«, sagte er, berührte die Lippen, wühlte mit den Fingern im Haar, schlug sich in einem metabolischen Exzess auf Ellenbogen und Unterarme. »Ölen Sie mir nur schön meine H & H Magnum, und zeigen Sie mir, wohin ich zielen soll; das habe ich mir mein Leben lang gewünscht...«

Es herrschte Schweigen, und seine Worte hingen in der Luft, als würde er selbst nicht daran glauben. Die Tochter wand sich über ihrem Teller und sah aus, als hätte sie etwas Verfaultes im Mund; seine Frau hatte diesen wachen Gehen-wir-einkaufen-Blick in den glitzernden Äuglein. »Wirklich. Ich meine, seit meiner Kindheit – wie viele haben Sie übrigens da draußen? Zählen Sie Ihre Löwen überhaupt?«

Bernard Puff kratzte sich die ergrauten Haarstoppeln. Wieder ertönte das Gebrüll, diesmal gedämpft und dicht gefolgt vom Kreischen einer Hyäne, das klang, als hätte ihr jemand ein Messer in den Bauch gerammt. »Nun ja, wir haben da eine ganz ordentliche Großfamilie – zwölf oder vierzehn, würde ich sagen, und dazu noch ein paar junge Einzelgänger.«

»Auch richtig große, mit Mähnen? Auf so was sind wir nämlich aus.« Er richtete den Blick auf Nicole. »Vielleicht so ein ganzes Vieh, ausgestopft, wie es sich gerade auf den Hinterbeinen aufbäumt, was meinst du, Nik? Zum Beispiel für den Empfangsraum im Büro in Beverly Hills?« Dann machte er einen Witz daraus: »Na ja, wenn Prudential-Immobilien so was abziehen ...«

Nicole wirkte zufrieden. Puff auch. Aber seine Tochter wollte ihn nicht so leicht davonkommen lassen. Sie schnaubte verächtlich, so dass die drei anderen sich ihr zuwandten. »Aha, ihr wollt also einen armen Löwen umbringen, der niemandem etwas zuleide tut – und was wollt ihr damit beweisen?«

Puff wechselte einen Blick mit Bender, wie um zu sagen: *Ist sie nicht bezaubernd?*

Jasmine Honeysuckle Rose schob ihren Salatteller weg. Das Haar hing ihr in fettigen schwarzen Locken in die Augen. Sie hatte ihr Essen nicht angerührt, nur getrennt: die Tomaten vom Kopfsalat, den Kopfsalat von den Croutons und die Croutons von den Kichererbsen. »Sting«, stieß sie hervor, »Brigitte Bardot, die New Kids – die sagen alle, das ist wie ein Konzentrationslager für Tiere, wie Hitler, und zur Rettung der Tiere machen sie so ein Benefizkonzert in Frankreich, in Paris ...«

»Aber ein Löwe mehr oder weniger tut doch niemandem weh«, unterbrach Nicole das Mädchen und kniff die üppigen kollagenverstärkten Lippen zusammen. »Ich finde die Idee deines Vaters echt super. Ein aufrechter Löwe, gleich beim Eingang, wo die Leute reinkommen – das ist doch, symbolisch ist das, genau das ist es.«

Mike Bender wusste nicht genau, ob sie sich lustig über ihn machte. »Hör mal, Jasmine«, fing er an, und unter dem Tisch begann er mit dem Fuß zu wippen, während er sich am Ohr zupfte und mit dem Besteck herumfummelte.

»Jasmine Honeysuckle Rose«, fauchte sie.

Mike wusste, dass sie ihren Namen hasste; er war ein Einfall ihrer Mutter gewesen – seiner schwachsinnigen Exfrau, die im Sonnenuntergang immer Gespenster gesehen und ihn für die Reinkarnation von John D. Rockefeller gehalten hatte. Um ihm etwas entgegenzuknallen, um ihn an sein Leben und an alle Fehler zu erinnern, die er je gemacht oder nur beabsichtigt hatte, bestand seine Tochter auf ihrem vollen Namen. Immer.

»Okay: Jasmine Honeysuckle Rose«, sagte er, »jetzt hör mir gut zu: Dieser ganze Hippieschnippie-Scheiß mit Rettet-die-Umwelt mag ja ganz nett sein, wenn man zwölf ist, aber dir muss doch mal klar werden, dass Jagen etwas ganz Natürliches für den Menschen ist, so wie, wie...«

»Essen und Trinken«, half Puff nach und sprach die Verben sehr gestelzt aus, um sie britischer klingen zu lassen.

»*Klar!*«, schrie Jasmine. Sie war jetzt auf den Beinen, ihre Augen waren wie Senkgruben, ihre Mundwinkel zuckten. »Genau wie Scheißen, Furzen und, und *Ficken!*« Und dann war sie weg, stampfte durch den trophäenbehängten Korridor in ihr Zimmer, dessen Tür sie mit donnerndem Krachen zuschlug.

Ein Augenblick der Stille legte sich über den Tisch. Puffs

Blick blieb an Nicole haften, als diese die Arme hob, um sich zu räkeln, und dabei ihre Brüste und die pedantisch weißen Flächen glatt rasierter Haut in den Achseln zur Schau stellte. »Süß, die Kleine, was?«, bemerkte er. Diesmal war der Sarkasmus unüberhörbar.

»Echt süß«, sagte Nicole und damit waren sie im Bunde.

Puff wandte sich zu Mike, während der farbige Bursche mit einem Serviertelller voll Gazellensteaks und auf Mesquitegras gerösteten Maiskolben zur Tür hereinkam, und ließ seine Stimme warm und vertraulich klingen: »Also, morgen früh erst mal die Zebras, Mike«, sagte er, »das wird Ihnen gefallen.« Er sah ihn aus seinen wässrigen Augen direkt an. »Und dann« – die Gazellensteaks landeten auf dem Tisch, kleine Klumpen bluttriefendes Fleisch –, »und dann nehmen wir uns die Löwen vor.«

Nicht dass er tatsächlich davonrannte – da hatte Bernard schon Schlimmeres gesehen, viel Schlimmeres –, aber er war doch nahe dran. Entweder das, oder er stand kurz vor einer Ohnmacht. So oder so war es eine ziemlich haarige Situation, ein Aufeinandertreffen, bei dem Bernard sich wünschte, er hätte nie im Leben von Afrika, Löwen und Wildparks oder Grundstücksmaklern gehört.

Sie hatten den Löwen im alten Mandelbaumhain aufgestöbert. Die Bäume dort sahen aus wie verdrehte Geweihe, tot und ohne Laub, in Reihen stehend, so weit das Auge reichte, und der Boden war mit abgefallenen Ästen übersät. »Nicht zu nah ran«, hatte Bernard gewarnt, aber Bender wollte nicht danebenschießen und geriet in Schwulitäten. Ehe er sich's versah, stand er knietief in dem Verhau aus Ästen, zappelnd und zuckend wie ein Spastiker, das Gewehr im Anschlag, aber ohne jede Rückzugsmöglichkeit, und der Löwe ging auf ihn los – mit so unverfälschter Bosheit, wie es Bernard in seinen vierzehn Jahren als Eigentümer von »Puffs Afrika-Großwildranch« noch nicht erlebt hatte. Und während Bernard noch überlegte, ob er eingreifen sollte – so etwas machte danach immer böses Blut –, war Mrs. Bender nur einen Herzschlag davon entfernt, zur trauernden Witwe zu werden, und die Versicherungsprämien für die Ranch wären ins Unendliche explodiert, ganz abgesehen von den Schadenersatzklagen. Es war ein schicksalhafter Moment, kein Zweifel.

Am Abend vorher, nachdem die Benders zu Bett gegangen waren, hatte Bernard Espinoza losgeschickt, um die Löwen ein wenig aufzustacheln und sie freizulassen – ohne ihr Abendessen. Das brachte sie immer in Rage, ganz egal, wie alt, zahnlos und verkalkt sie sein mochten. Eine Nacht ohne Pferdefleisch und sie wurden wild wie sonstwas. Für Bernard war das reine Routine. Die Gäste sollen was kriegen für ihr Geld, war sein Motto. Falls sie ahnten, dass die Löwen neunundneunzig Prozent der Zeit im Käfig hockten, ließen sie sich jedenfalls nichts anmerken – ihres Wissens lebte das Wild draußen im Freien, zwischen den dürregeplagten Mandelbäumen und den getarnten Ölpumpen. Und außerdem konnten sie ja nirgendwohin – das gesamte Gelände war von einem sechs Meter tiefen Graben umschlossen, hinter dem sich ein vier Meter hoher Elektrozaun erhob. Also kehrten diejenigen, die seine Gäste nicht durchlöcherten, nach ein oder zwei Tagen in ihre Käfige zurück und brüllten sich die leeren Bäuche nach Pferdefleisch und Innereien aus dem Leib.

Am Morgen, nach einem Frühstück aus geräucherten Heringen und Ei – die Tochter schlief noch fest –, war Bernard mit seinen Gästen auf Zebrajagd gegangen. Sie waren zum Wasserloch rausgefahren – ein ehemaliger Swimmingpool mit Olympiaabmessungen, den Bernard bepflanzt hatte, damit er schön natürlich aussah –, und nach einigen Debatten über den Preis hatte sich Bender – beziehungsweise seine Frau – für fünf Stück entschieden. Das war schon eine, diese Nicole Bender. Gut aussehende Frau, wie Bernard noch selten eine gesehen hatte – und ein besserer Schütze als ihr Mann. Sie erwischte zwei Zebras aus hundertvierzig Meter Entfernung und ließ dabei die Felle fast unversehrt. »Na, Sie können vielleicht schießen, Lady«, sagte Bernard, während sie auf das erste der erlegten Zebras zuschlenderten.

Das Zebra lag unter der stechenden Sonne auf der Seite und schon sammelten sich die ersten Fliegen. Bender kauerte nicht weit von ihnen über einem anderen Kadaver und untersuchte ihn nach Einschusslöchern, Roland schärfte im Jeep das Messer zum Abhäuten. In den Hügeln stieß einer der hungrigen Löwen ein grimmiges Gebrüll aus.

Nicole lächelte ihn an. Sie war hübsch – verdammt hübsch – in ihrer Shorts von Banana Republic und der Safaribluse. »Ich tu mein Bestes«, sagte sie und knöpfte sich dabei die Bluse auf, um ihm das Schmuckstück an ihrem pfirsichfarbenen Bustier zu zeigen: eine goldene Brosche in Form eines Gewehrs. Er musste sich dicht heranbeugen, um die Gravur zu lesen: *Nicole Bender, Scharfschützenpreis der National Rifle Association 1989*.

Danach gab es das Mittagessen, anschließend machten sie eine Siesta, gefolgt von Gin Tonics und ein paar Runden Canasta, um die Nachmittagsstunden totzuschlagen. Bernard tat, was er konnte, um die Lady bei Laune zu halten, und das nicht nur aus Geschäftsinteresse: Da war etwas – etwas, das heiß und heftig unter ihrer Maske aus

Rouge und Eyeliner und den üppigen Kollagenlippen pulsierte, und dieser Kraft konnte er sich einfach nicht entziehen. Es war hart gewesen, seit Stella Rae ihn verlassen hatte, und er nahm alles mit, was sich so bot – so etwas konnte in dem Job eben auch vorkommen.

Auf jeden Fall nahmen sie den Jeep Wrangler, packten eine Kühlbox mit Bier, Benders 9,5-Millimeter-Gewehr von Holland & Holland und die 11,65-Millimeter-Winchester Magnum der Lady ein, dazu Bernards eigenen Bärentöter – die Fünfzehneinviertel-Nitro –, und fuhren hinaus, wo die knorrigen dunklen Äste des toten Obstgartens am Ende der Ranch die Hügel bedeckten. Dorthin zogen sich die Löwen immer zurück, wenn man sie freiließ. Es gab da einen kleinen Flusslauf – zeitweise ein reißender Wildbach, momentan kaum mehr als ein Rinnsal. Aber sie konnten dort trinken, sich im Gras wälzen und unter den nackten Ästen der Bäume ein paar Schattenstreifen finden.

Von Anfang an, schon als sie noch bei Gin Tonics auf das Nachlassen der Hitze gewartet hatten, war Bender merklich nervös gewesen. Der Mann konnte nicht stillsitzen, plapperte die ganze Zeit von notariellen Vereinbarungen, Besitztiteln und solchen Sachen, dabei zupfte er sich ständig an den Lippen, den Ohren und der Zunge, wie beim Baseball der Trainer am dritten Mal, der Zeichen von der Bank bekommt. Es waren die Nerven, keine Frage: Bernard hatte schon genug Freizeitcowboys hier herausgebracht, und er merkte sofort, wenn ein Typ im Geiste seine Männlichkeit an diesem großen gelbbraunen Vieh maß, das durch seine Fantasie pirschte. Der eine damals – Fernsehschauspieler; schwul vermutlich auch – war derartig aufgekratzt gewesen, dass er zu viel Gin erwischte und sich anpisste, bevor sie auch nur den Jeep angelassen hatten. Bernard hatte ihn seitdem hundertmal in der Glotze gesehen, so ein hünenhafter, muskulöser Typ mit gespaltenem Kinn und blitzenden Augen, der ständig Gangstern die Fresse polierte und Frauen den Arm um die Hüfte schlang, aber er würde nie vergessen, wie diesem Typ die Augen in die Höhlen gerutscht waren, als der Pissefleck sich vom Schritt auf die Oberschenkel und noch weiter ausgebreitet hatte. Er warf einen Blick auf Bender und wusste: Da war Ärger im Busch.

Sie hatten sich auf elfeinhalbtausend Dollar für ein großes Männchen mit Mähne geeinigt; fünfhundert hatte Bernard ihnen nachgelassen, für die beiden Extrazebras und weil er ihnen ein bisschen entgegenkommen wollte. An Männchen von nennenswerter Größe hatte er nur Claude, der seinerzeit eine beachtliche Erscheinung gewesen sein mochte, aber inzwischen war er das, was bei Löwen einem Neunzigjährigen entsprach, der sich in einem Pflegeheim von Breikost ernährte. Bernard hatte ihn für einen Pappenstiel von einem verflohten Zirkus in Guadalajara abgestaubt, und schon damals musste er fünfundzwanzig Jahre alt gewesen sein, wenn nicht älter. Jetzt war er halb blind, stank wie ein lebender Leichnam, und die Backenzähne in seinem linken Unterkiefer waren so verfault, dass er beim Fressen laut aufheulte. Aber das Aussehen stimmte, vor allem von Weitem; er hatte noch etwas von dem Fleisch auf den Knochen, das er in besseren Jahren zugelegt hatte – und die Zahnschmerzen machten ihn launisch, ja jähzornig. Er wäre eine gute Wahl, hatte Bernard gefunden. Eine hervorragende Wahl.

Und Bender? Der stand in einem Morast aus toten schwarzen Ästen, stocksteif und am ganzen Leibe bibbernd, als ob er in Eiswasser badete, und der Löwe ging auf ihn los. Der erste Schuss prallte in etwa siebzig Meter Entfernung vom Boden ab und zerfetzte Claudes linke Hinterpfote, und darauf ertönte ein Gebrüll von dermaßen purer, wilder, Eingeweide zerreißender, Knochen zermalmender Wut, dass Bender, dieser Idiot, beinahe sein Gewehr fallen ließ. Zumindest sah es von dort so aus, wo Bernard mit der Ehefrau und Roland stand, fünfzehn Meter weiter hinten und etwas rechts. Claude war eine echte Überraschung. Anstatt in sich zusammenzusinken und durchs Gebüsch davonzuschleichen, griff er an, wirbelte die Erde auf und brüllte dabei, als stünde er in Flammen – und Bender zuckte und zappelte und zitterte so stark, dass er nicht mal die Längsseite eines Bierwagens getroffen hätte. Bernard spürte das eigene Herz pochen, als er die Nitro an die Schulter hob, dann krachte es ohrenbetäubend, und der alte Claude sah plötzlich wie ein zusammengeknüllter Teppich aus, über den jemand einen Eimer voll Hackfleisch geschüttet hatte.

Bender wandte sich mit bleichem Gesicht um. »Was zum...?«, stammelte er und dabei zog er an seinen Fingergelenken und fuchtelte mit den Händen herum. »Was glauben Sie eigentlich, was Sie da tun?«

Das war Bernards Moment. Hoch über ihnen zog ein Düsenflieger vorbei, Richtung Nordwesten, eine silberne Niete am Himmel. Es herrschte unsägliche Stille. Die Ehefrau sparte sich jeden Kommentar, die übrigen Löwen kauerten im Gras und jeder Vogel auf der Ranch hielt im ersterbenden Nachhall dieser grollenden Kanonade den Atem an. »Ihnen verdammt noch mal das Leben retten«, knurrte Bernard, schwitzend, angewidert und stocksauer, aber – wie immer – stolz auf seine britische Ausdrucksweise.

Mike Bender war wütend – zu wütend, um sein geräuchertes Sonstwas, den Toast aus der Pfanne und die schlabbrigen Eier zu essen. Und gab's hier keinen Kaffee, zum Teufel? Schließlich waren sie in Bakersfield, nicht in irgendeinem Safarizelt in Uganda. Er blaffte den Farbigen an – der hatte sich mit allen Mitteln auf Stammeskrieger getrimmt, aber sein Akzent klang unverwechselbar nach L. A. – und sagte ihm, er wolle sofort Kaffee, schwarz und stark, und wenn er dafür bis nach Oildale fahren müsse. Nicole saß ihm gegenüber und beobachtete ihn mit spöttischer Miene. *Ihre* Zebras waren perfekt, aber zwei von den dreien, die er erlegt hatte, waren total ramponiert. *Aber Mike,* hatte sie gesagt, *die können wir unmöglich aufhängen – die sehen ja aus wie Salatsiebe.* Und dann die Sache mit dem Löwen. Da hatte er ziemlich alt ausgesehen, und was noch schlimmer war: Er hatte elfeinhalbtausend Dollar abgedrückt, ohne dass er irgendwas dafür herzeigen konnte. Nicht nachdem Puff das Vieh weggepustet hatte. Außer Fleisch und Knochen war nichts mehr übrig. Scheiße, das Ding hatte überhaupt keinen Kopf mehr gehabt, als der große weiße Jäger mit ihm fertig war.

»Komm schon, Mike«, sagte Nicole und wollte ihm die Hand tätscheln, doch er zog sie wutentbrannt weg. »Komm schon, Baby, ist doch nicht das Ende der Welt.« Er musterte sie kurz, sah den Triumph in ihren Augen aufblitzen, und er hätte sie am liebsten geohrfeigt, erdrosselt, wollte vom Tisch aufspringen, eine Flinte aus dem Regal nehmen und ihr eine Ladung reinjagen.

Er setzte gerade zu einer Antwort an, als die Schwingtüren zur Küche aufgingen und der farbige Kerl eine Kanne Kaffee hereinbrachte und auf den Tisch knallte. Roland, so hieß er. Bender war erstaunt, dass sie ihn nicht

Zulu oder Jambo oder so ähnlich nannten, was besser zu den albernen Röckchen passen würde, mit denen er wie ein Eingeborener aussehen sollte. Verflucht, im Grunde hatte er gute Lust aufzustehen und dem Burschen auch eine Kugel zu verpassen. So ziemlich der einzige positive Aspekt der Sache war, dass Jasmine Honeysuckle Rose sich angewöhnt hatte, jeden Tag bis Mittag zu schlafen.

»Mike«, bat Nicole, aber er hörte nicht hin. Innerlich brütend und brennend, auf Rache an jedem Geldverleiher, Laden- und Eigenheimbesitzer zwischen dem San Fernando Valley und Hancock Park sinnend, nippte Mike Bender mürrisch an seinem lauwarmen Instantkaffee und wartete auf den großen weißen Jäger.

Puff kam zu spät zum Frühstück, wirkte jedoch verjüngt – hatte er sich das Haar gefärbt, oder was? –, er strahlte, ein Quell der Energie, als hätte er dem König von Encino persönlich das Feuer geraubt. »Schönen guten Morgen«, dröhnte er in seinem falschen West-End-Akzent, inhalierte dabei fast seinen Schnurrbart, dann bedachte er Nicole mit einem unmissverständlichen Blick, und Mike spürte, wie es aus ihm herausfloss wie Lava aus einem Vulkan.

»Also keine Löwen mehr?« Mike sprach leise und gepresst.

»Leider nicht«, erwiderte Puff, während er sich ans Kopfende des Tisches setzte und eine Scheibe Toast mit Marmite beschmierte. »Wie ich gestern schon sagte, wir haben so viele Weibchen, wie Sie wollen, aber die Männchen sind alle noch jung, nennenswerte Mähnen haben die nicht.«

»Schöne Scheiße.«

Bernard musterte Bender eine Zeit lang und sah den Jungen, der nie erwachsen geworden war, das reiche Kind, den ewigen Herumhänger, die typische Niete, den Emporkömmling, der eins draufgekriegt hatte. Er blickte von Bender zu dessen Frau und wieder zurück – was tat sie eigentlich mit diesem Clown? – und hatte eine flüchtige, aber eindrucksvolle Vision davon, wie sie neben ihm im Bett lag, Brüste, Oberschenkel, üppige Lippen und so weiter. »Hören Sie, Mike«, sagte er, »vergessen Sie's. So was passiert jedem mal. Heute, dachte ich, könnten wir Elenantilopen jagen...«

»Elenantilopen. Scheiß auf Elenantilopen.«

»Na gut, dann – Wasserbüffel. Viele Leute sagen, der Mbogo ist das gefährlichste Tier in Afrika.«

Die hellen Augen wurden dunkel vor Wut. »Das hier ist nicht Afrika«, spuckte Bender. »Sondern Bakersfield.«

Bernard gab sich jedenfalls große Mühe, und er wurde immer sauer, wenn sie das machten: wenn sie die Illusion platzen ließen, die er so gewissenhaft am Leben hielt. Schließlich verkaufte er diese Illusion – mach die Augen zu und du bist in Afrika –, und er wollte ja wirklich, dass seine Ranch Afrika war, wollte die alten Geschichten wieder zum Leben erwecken, den Gästen den Kitzel der großen Zeiten vorführen, wenn auch nur für kurze Augenblicke. Aber es war noch mehr als das: »Puffs Afrika-Großwildranch« war zugleich auch Andenken an und Denkmal für die mächtige Gestalt von Bernards Vater.

Bernard Puff senior war einer der letzten großen weißen Jäger Ostafrikas gewesen – Freund und Landsmann von Percival und Ionides, Safariführer für ein paar der berühmtesten Namen Hollywoods und der europäischen Aristokratie. Er heiratete eine reiche Amerikanerin und sie bauten eine Lodge im Hochland von Kenia, dinierten mit Tania Blixen und aßen das ganze Jahr hindurch Wild.

Dann aber stellte der Krieg alles auf den Kopf und er suchte Zuflucht in den USA, wo er sich in der endlosen Weite des Südwestens und den Taschen seiner angeheirateten Verwandtschaft verlor. Als Kind hatte Bernard junior gespannt den Geschichten von den alten Zeiten gelauscht, dabei fasziniert die gezackte weiße Narbe betastet, die der Hauer eines Warzenschweins auf dem Unterarm seines Vaters hinterlassen hatte, hingebungsvoll die betagten Waffen geölt und gereinigt, von denen Nashorn und Elefant, Löwe und Leopard niedergestreckt worden waren, und stundenlang in die schimmernden Glasaugen der Trophäen gestarrt, die im Zimmer des Vaters an der Wand hingen und deren Namen – Antilope, Kudu, Buschbock, Gnu – wie Zauberformeln in seinem Kopf widerhallten. Er hatte versucht dem Erbe gerecht zu werden, hatte ihm sein Leben verschrieben, und hier saß dieser Stoffel, dieser Reihenhauskrämer und machte alles herunter.

»Schon gut«, sagte er. »Geschenkt. Also, was soll ich tun? Ende des Monats kriege ich wieder Löwen rein, erstklassige Katzen, die man im Tsavo-Nationalpark gefangen hat und jetzt hierher umsiedelt...« (Hier bluffte er: In Wahrheit hatte er ein ausgemergeltes Skelett aus dem Zoo von San Francisco organisiert, ein so altes Vieh, dass es die Leute nicht mehr sehen wollten, dazu ein zweites Tier von einem westdeutschen Zirkus, das sich beim Sprung durch den brennenden Reifen einen dreifachen Beinbruch zugezogen hatte.) »Was wir momentan dahaben, sind Elenantilopen, Wasserbüffel, Oryx, Gazellen, Hyänen – ich könnte sogar mit einem Straußenpaar dienen. Aber keinen Löwen, wenn Ihnen Weibchen nicht gut genug sind. Tut mir Leid.«

Und dann, wie ein Licht, das aus der Tiefe emporscheint,

kehrte das Glitzern zurück in die Augen des gewieften Maklers; sein Lächeln wurde breiter, hinter der Maske des quengeligen Immobilien-Wunderknaben trat der Tenniscrack und Langstreckenschwimmer hervor. Bender grinste. Er beugte sich vor. »Was ist mit dem Elefanten?«

»Was soll damit sein?« Bernard hob seinen Toast an die Lippen und legte ihn dann behutsam wieder auf den Tellerrand zurück. Benders Frau beobachtete ihn jetzt, und auch Roland, der gerade Kaffee nachschenkte, warf ihm einen Blick zu.

»Den will ich haben.«

Bernard starrte auf seinen Teller und beschäftigte sich einen Moment lang mit Kaffeetasse, Zucker und Sahne. Er trennte sich nur ungern von Bessie Bee, doch war er ziemlich sicher, dass sie sich ersetzen ließe – und die Kosten für ihr Futter brachten ihn ohnehin um. Selbst in ihrem hohen Alter konnte die Elefantenkuh an einem Nachmittag mehr verputzen als eine Herde Guernsey-Rinder in einem ganzen Winter. Er warf der Ehefrau einen kühlen Blick zu, dann sah er Bender direkt an. »Achtzehn Mille«, sagte er.

Bender wirkte unentschlossen, seine Augen glitzerten noch, waren aber etwas eingesunken, als hätten sie Respekt vor der Gewaltigkeit dieses Geschäfts. »Dafür krieg ich den Kopf, ausgestopft und präpariert«, sagte er schließlich, »das ganze Trumm – ja ja, ich weiß, wie groß es ist, aber das ist kein Problem, den Platz dafür hab ich, glauben Sie mir ... Und die Füße, die will ich auch, als ... äh, wie nennt man die gleich, Schirmständer?«

Sie trieben Bessie Bee in einer gestrüppreichen Senke auf, gleich hinter dem Swimmingpool-Wasserloch. Sie nahm gerade ein Bad im Staub, besprühte ihre runzlige Lederhaut mit feiner heller Erde, so dass sie aussah wie ein gewaltiger in Mehl gerollter Teigklumpen. Sie hatte, das sah Bernard jetzt, das hohe Gras zertrampelt, unter dem die blaue Einfassung des Pools verborgen war, außerdem eine halbe Tonne Wasserlilien und Rohrkolben aus dem Schlick gerissen und das stinkende Wurzelgewirr auf dem Beckenrand angehäuft. Er fluchte leise vor sich hin angesichts der bis auf ein paar Stümpfe aufgefressenen Eukalyptusgruppe und des importierten Chinarindenbaums, den sie völlig abgeschält hatte. Normalerweise war sie angebunden – um großflächige Zerstörungen genau dieser Art zu verhindern –, aber wenn Gäste auf der Ranch waren, ließ er sie frei herumlaufen. Das bereute er jetzt, und er dachte daran, dass Espinoza am nächsten Tag als Erstes die Landschaftsgestaltungsfirma anrufen musste, als Benders Stimme ihn in die Gegenwart zurückholte. Die Stimme war schneidend, gereizt, ein hohes aufbegehrendes Quäken: »Aber der hat ja nur einen Stoßzahn!«

Bernard seufzte. Es stimmte ja – irgendwann einmal war die Hälfte ihres linken Stoßzahns abgebrochen, aber er war so daran gewöhnt, dass es ihm kaum noch auffiel. Doch hier saß Bender neben ihm im Jeep, seine Frau auf dem Rücksitz, die Gewehre waren einsatzfähig, die Kühlbox war gefüllt, und Bender würde versuchen den Preis zu drücken, das sah er kommen.

»Als wir achtzehntausend ausgemacht haben, bin ich natürlich von einem Tier ausgegangen, das sich als Trophäe eignet«, sagte Bender, und als sich Bernard zu ihm umdrehte: »Aber jetzt, also, ich weiß nicht.«

Bernard wollte die Sache einfach nur hinter sich bringen. Irgendetwas sagte ihm, dass es ein Fehler war, Bessie aufs Korn zu nehmen – ohne sie wäre die Ranch nicht mehr, was sie war –, andererseits hatte er sich verpflichtet und keine Lust auf Streit. »Na gut«, sagte er seufzend und schob seinen massigen Bauch von links nach rechts. »Siebzehn.«

»Sechzehn.«

»Sechzehnfünf, weiter gehe ich nicht runter. Sie haben ja keine Ahnung, wie viel Arbeit das ist, so ein Ding zu häuten, ganz zu schweigen davon, dass man den Kadaver irgendwie loswerden muss.«

»Abgemacht«, sagte Bender, drehte sich triumphierend zu seiner Frau um, und schon waren sie aus dem Jeep und prüften ihre Waffen. Bender hatte eine 12-Millimeter-Rigby-Elefantenbüchse dabei, Bernard wieder die Nitro – für den Fall, dass der Morgen eine Reprise des Löwenfiaskos brächte. Nicole Bender, die heute ohne Gewehr antrat, hatte eine Videokamera dabei. Roland war beim Haus und wartete mit Laster, Kettensäge und einem Trupp Mexikaner, um die Schweinerei wegzuräumen, sobald die Tat vollbracht war.

Es war früh, die Hitze erträglich – etwas unter dreißig Grad, schätzte Bernard –, aber trotzdem schwitzte er schon. Auf der Jagd war er immer leicht nervös – besonders wenn ein Clown wie Bender direkt neben ihm herumfuchtelte, und ganz besonders nach der Sache mit dem Löwen. Bender trampelte herum und wirbelte Staubwolken auf, aber sein Blick war kalt und ruhig, als sie jetzt durch das Mesquitegras und das Gestrüpp in die Senke hinabgingen.

Bessie Bee war weiß vom Staub; sie blies große Wolken davon aus dem Rüssel in die Luft und schlenkerte mit den Ohren. Aus hundert Meter Entfernung sah man nicht viel mehr als umherfliegenden Dreck, als wäre ein Tornado am

Werk; nach fünfzig Metern nahm allmählich der runzlige, zerfurchte Kopf des alten Elefanten Gestalt an. Auch wenn die Sache kaum riskanter war als das Abknallen einer Kuh im Stall, war Bernard aus Gewohnheit vorsichtig und bedeutete Bender stehen zu bleiben, fünfzig Meter vom Ziel entfernt. Zwei Geier kreisten über ihnen, angelockt durch den Jeep, den sie als Vorboten von blutigem Fleisch und Aas kannten. Der Elefant nieste. Irgendwo hinter ihnen schrie eine Krähe. »Näher ran gehen wir nicht«, stellte Bernard fest.

Bender glotzte ihn an, knackte mit den Fingerknöcheln und rollte die Augen, wie ein Student im ersten Semester, dem der Türsteher vor einer Bar voll knackiger Kommilitoninnen den Eintritt verwehrt. »Aber ich seh nichts als Staub«, sagte er.

Bernard ruhte jetzt ganz in sich. Er prüfte das Schloss des schweren Gewehrs und entsicherte den Abzug. »Warten Sie ab«, sagte er. »Suchen Sie sich einen Platz – hier, gleich hier bei dem Felsen, da können Sie sich aufstützen beim Zielen. Es wird nicht lange dauern, in ein paar Minuten hat sie es satt, und wenn der Staub sich legt, kriegen Sie Ihren Abschuss.«

Und so kauerten sie im Dreck, der Jäger und der Jagdführer, stützten ihre Gewehre auf einer rauen roten Sandsteinplatte ab und warteten darauf, dass der Staub sich verzog und die Hitze sich steigerte und die Geier in mächtigen Spiralen aus dem Himmel herabsanken.

Bessie Bee ihrerseits war mehr als nur argwöhnisch. Obwohl sie ziemlich schlecht sah, erkannte sie doch den Jeep, und diese Menschen konnte sie auf Hunderte von Metern riechen. Eigentlich hätte sie die Matriarchin einer stolzen wilden Elefantenherde sein sollen, im Amboseli- oder im Tsavo-Reservat oder im großen Bahi-Sumpf, aber stattdessen hatte sie ihre ganzen zweiundfünfzig Jahre auf diesem fremden, unnatürlichen Erdteil verbracht, mitten im Gestank und im Chaos der Menschen. Man hatte sie gefesselt, mit Stöcken getrieben und geschlagen, ihr beigebracht zu tanzen und auf einem Bein zu stehen und mit dem Rüssel die klägliche Schwanzquaste zu packen, die zwischen den kläglichen Flanken eines anderen kläglichen Elefanten herabhing, während sie vor wuselnden Affenhorden durch eine scheußliche Zirkusmanege nach der anderen paradierten. Und dann das hier: eine Gegend, in der es nach den öligen Ausflüssen der Erde stank, und wieder angebunden und wieder Menschen. Sie hatte das Krachen der Gewehre gehört, das Blut in der Luft gewittert, und sie wusste, dass hier gemordet wurde. Und sie wusste auch, dass der Jeep ihretwegen gekommen war.

Der Staub ringsherum legte sich, sank in einem Mahlstrom aus feinen weißen Teilchen nieder. Sie stellte die Ohren auf, trompetete und hob den massigen Zylinder ihres rechten Vorderfußes vom Boden und schwenkte ihn vor sich. Sie hatte es satt, die Stachelstöcke und die Stricke, das fade, trockene Stroh, das nach nichts schmeckte, und das Viehfutter, die Sonne und die Luft und die Nacht und die Tage. Sie griff an.

Sie ließ sich von der Witterung leiten, bis die Gewehre krachten, einmal, zweimal, dreimal, und eine neue Sorte Stachelstock in sie hineinfuhr, durchschlagend und heiß, aber das machte sie nur wütend, trieb sie um so wilder voran, unaufhaltsam und unbesiegbar, dreieinhalb Meter Schulterhöhe und gut sieben Tonnen Gewicht, Schluss mit den Zirkussen, Palankins, Stachelstöcken. Und dann sah sie die zwei lächerlichen Strichmännchen hinter einem Fels hervorspringen – die konnte sie dreimal schlucken und wieder ausspucken.

Es war nicht direkt Panik, am Anfang noch nicht. Bender schoss daneben und vom heftigen Rückschlag des Gewehrs schien er wie benommen. Bessie Bee kam direkt auf sie zu, nahm sie genau aufs Korn, und Bernard biss sich auf den Schnurrbart und brüllte: »Schieß! Schieß doch, du Idiot!«

Sein Wunsch wurde erfüllt. Endlich feuerte Bender noch einmal – richtete aber nicht viel mehr aus, als dem Vieh ein paar Borsten vom Rücken zu putzen. Da übernahm Bernard, die Nitro im Anschlag, und obwohl er sich an den Löwen erinnerte und bereits Benders jammerndes, meckerndes Genörgel hören konnte, wie er sich beim Mittagessen beschwerte, dass ihm auch *diese* Trophäe verweigert worden sei, war die Situation eindeutig brenzlig, ja bedrohlich – wer hätte das von Bessie Bee gedacht? –, deshalb drückte er auf den Abzug des großen Gewehrs, dass es mit einem donnernden Ruck losging.

Nichts. Hatte er sie verfehlt? Dann aber wurde er mit einem Mal von einem Erdrutsch erfasst, er spürte einen Windstoß, roch den strengen Geruch nach Elefant, und dann flog er, wirklich, er flog hoch über die Ebene in den blauen Himmel hinein.

Als er wieder landete, setzte er sich auf und stellte fest, dass seine Schulter aus dem Gelenk gesprungen war und dass ihm irgendeine Flüssigkeit – Blut, sein eigenes Blut – die Sicht im rechten Auge verdunkelte. Er hatte einen Schock, dachte er und sprach es laut vor sich hin, wieder und wieder: »Ich habe einen Schock, ich habe einen Schock.« Alles schien wie im Nebel, der Arm tat gar nicht sehr weh, obwohl er eigentlich hätte wehtun müssen, ebenso wenig die Platzwunde am Kopf. Aber hatte er nicht ein Gewehr gehabt? Wo war das jetzt?

Auf das Geräusch hin, ein energisches Trompeten, blickte er auf und sah, wie Bessie Bee nachdenklich, beinahe zärtlich, ihren Fuß auf Mike Benders dahingestreckter Gestalt rieb. Bender schien nackt zu sein – oder nein, er schien nicht einmal mehr die Haut auf dem Leib zu haben –, und sein Kopf war gewaltig verändert, wirkte auf einmal viel kompakter. Aber noch etwas anderes ging vor, etwas, das die Versicherung niemals wieder gutmachen konnte, da war er sich sicher, wenn auch nur auf vage Weise – »Ich habe einen Schock«, wiederholte er. Dieses Etwas war auch ein Schrei, zweifellos ein menschlicher, doch er wuchs an und packte den vorigen Schrei am Schwanz und kletterte auf ihn drauf, und ehe das Vakuum der Stille sich ganz schließen konnte, erklang ein zweiter Schrei, und dann noch einer, bis sogar das Trompeten des Elefanten dagegen wie ein Flüstern klang.

Es war Mrs. Bender, die Ehefrau, Nicole, eins der hübschesten Exemplare ihrer Art, die da jetzt vom Jeep wegrannte und dabei ihre Lungen trainierte. Der Jeep war offenbar umgekippt – er bot sich jedenfalls aus einem sehr merkwürdigen Winkel dar –, und Mrs. Benders schmächtige Gestalt wurde in diesem Moment von einer sich bewegenden Mauer aus Fleisch überrannt, ein breites graues Hinterteil verdeckte den Blick auf die Szene, und all dieses stürmende Gewicht zermalmte die kleine Arie aus Schreien in einem endgültigen Elefantentrommelwirbel.

Es hätte wenige Sekunden oder eine Stunde später sein können – Bernard hatte keine Ahnung. Er saß auf dem Boden – sein einer Arm baumelte lose von der Schulter – und

wischte sich mit der unverletzten Hand das Blut aus dem Auge, während die schwarzen Geier mit professionellem Interesse zu ihm herabsegelten. Und dann, auf einmal, sehr seltsam, war die Sonne weg, ebenso die Geier, und ein großer dunkler Schatten fiel auf ihn. Er blinzelte zu dem kolossalen Gesicht empor, das von wild schlenkernden Ohren eingerahmt war. »Bessie Bee?«, sagte er. »Bessie Bee? Shamba?«

Knapp einen Kilometer entfernt lag, umweht vom sanften Zugwind der Klimaanlage, Jasmine Honeysuckle Rose Bender im Bett, zwei Monate vor ihrem dreizehnten Geburtstag, gesättigt mit Schokolade und Träumen von schlanken Halbstarken mit Gitarre, Stachelfrisur und Lederjacke. Sie drehte den Kopf auf dem Kissen und schlug die Augen auf. In diesem Moment war sie die Alleinerbin des Benderschen Immobilienimperiums, sämtlicher Eigentumswohnungen und Häuser, aller Aktien, Anleihen und sonstigen Vermögenswerte, die dazugehörten, ganz abgesehen von dem Haus am Strand und dem Ferrari Testarossa, nur wusste sie es noch nicht. Etwas hatte sie aufgeweckt, ein Kräuseln auf dem großen Teich des Lebens. Einen Augenblick lang hatte sie geglaubt, durch das Surren der Klimaanlage einen Schrei gehört zu haben.

Aber nein. Wahrscheinlich war das nur irgendein Pfau oder Pavian oder sonst was gewesen. Oder diese alberne Attrappe von Elefant. Sie setzte sich auf, nahm ein Ginger Ale aus der Kühlbox und schüttelte den Kopf. Total spießig, dachte sie. Spießig, spießig, spießig.

# Nachwort

Spaß. Wie oft hört man eigentlich diesen Begriff in Beschreibungen der Bücher und Anthologien, die heutzutage an Schulen und Unis so durchgenommen werden? Nicht allzu oft, würde ich meinen. Denn offenbar haben die an ihren Bärten zupfenden Experten und auch die leidenden Schüler in unseren Lehranstalten eines aus den Augen verloren: dass Erzählungen zur Unterhaltung gedacht sind. Nicht als literarische Dokumente zum Zerpflücken durch Oberlehrer, und schon gar nicht als Hausarbeit oder als Grundlage für die gefürchtete Erörterung. Erzählungen – Literatur, Geschichten eben – sollten Freude und Spaß bereiten, geheime Zugänge in die wahre, fantastische Welt eröffnen, genauso wie die neueste CD oder ein Wahnsinnsfilm aus Hollywood. Meine Geschichten sind immer aus der eigenen reinen Freude an der Kraft des Erzählens entstanden, und die vorliegende Auswahl sollte, das hoffe ich doch, den subversiven Witz und die durchdringende Intelligenz junger Menschen überall ansprechen – vor allem jene, die nichts dagegen haben, den Rest der Welt draußen zu lassen und für ein oder zwei seltsame und kostbare Stunden mein wackliges, surreales Universum zu betreten.

Die Idee zur ersten Geschichte mit dem Titel *Der Fliegenmensch* kam mir, wie das so oft passiert, aus einem Wirrwarr von Eindrücken heraus. Ich hatte von einem Draufgänger gehört, der meiner *mosca humana*, der »menschlichen Fliege«, irgendwie ähnlich war; dieser Typ meinte aus irgendeinem unerfindlichen Grund, er müsse mit nicht viel mehr als seinen Zähnen, Fingernägeln und gekrümmten Zehen auf Wolkenkratzer klettern. Und ich kannte einen Hollywoodagenten, der sich mit den schrägen und untalentierten Nummern beschäftigte, wie sie sonst keiner mit der Kneifzange anfasst. Und schließlich, als ich den ersten Satz schrieb – »Am Anfang, bevor die Presse auf ihn aufmerksam wurde, war sein Kostüm noch ziemlich einfach: Trikot und Cape, eine Schwimmbrille aus Plastik und eine Badekappe im grellsten Rot, das er hatte auftreiben können« –, da wurde mir klar, dass es die Geschichte eines Mannes ist, der eines mehr als alles andere will: Ruhm. Ich selbst war in der Presse mehrfach kritisiert worden für meinen anmaßenden Umgang mit den Formen und guten Sitten des literarischen Interviews – und für meine Gier nach Ruhm. Also bin ich wohl wie Zoltan, nur dass ich statt des mottenzerfressenen Trikots dieses Comic-Superhelden eine schwarze Lederjacke und einen Ziegenbart trage.

Aber anders als ich will Zoltan nur wegen der Idee des Ruhms an sich berühmt sein. Er produziert nichts – keine Musik, keine Bilder, keine Texte oder Videos. Ich stelle ihn mir als eine Art Performance-Künstler vor, was ja jeder Draufgänger ist, doch in seiner Sehnsucht nach Ruhm riskiert er seine dünnen Knochen und die geschundene Haut. Und bei solchen Sachen spielt natürlich die Eskalation eine große Rolle: Jedes neue Husarenstück muss stets das letzte übertrumpfen. Die Fans sind schließlich launisch, und der Künstler, so wie Kafkas (im Motto zitierter) Hungerkünstler, empfindet nicht nur das Bedürfnis, sie immer wieder neu zu beeindrucken, sondern auch sich selbst zu übertreffen – und jeden anderen, der je dieselben Taten versucht hat. Für Zoltan findet dieses Bemühen, im Grunde unausweichlich, ein böses Ende. Warum? Weil es Superhelden eben nur in Comic-Heften gibt? Oder weil Zoltan – trotz seiner Reinkarnation in einer Zeichentrickserie – im Grunde gar kein richtiger Held ist? Hat er noch alle Tassen im Schrank? Ist er verrückt? Sind etwa alle Künstler verrückt? Diese Entscheidung überlasse ich lieber euch.

Die zweite Erzählung der Sammlung – *Ende der Nahrungskette* – basiert auf einer wahren Begebenheit. Viele meiner Geschichten speisen sich aus herrlich absurden Nachrichtenmeldungen oder Anekdoten, die mir jemand erzählt. In diesem Fall las ich ein Buch über Ökologie und fand darin eine kleine Anmerkung, die für mich wunderbar viele Möglichkeiten aufblätterte. Der Erzähler in diesem dramatischen Monolog ist ein Beamter und durchaus gewohnt, die Tatsachen so zu verdrehen, dass sie ihm selbst und seinen Vorgesetzten gut in den Kram passen – in diesem Fall einem Unterausschuss des Senats. Die Story ist sehr witzig, finde ich, weil der Erzähler die haarsträubendsten Entschuldigungen für etwas vorbringt, das man wohl als Umweltkatastrophe erster Ordnung bezeichnen muss. Können wir die Natur wirklich beherrschen? Oder sind wir zum Scheitern verdammt, weil wir letzten Endes ein Teil von ihr sind? Wenn ich diese Geschichte auf einer Lesung bringe, werden alle meine Zuhörer zu Senatoren, und ich bin der unselige Erzähler. Die Leute fangen an zu lachen, wenn sie merken, wie die Ereignisse langsam eskalieren (da haben wir das Wort schon wieder, es eignet sich hervorragend zum Erklären des Prinzips der absurden Komödie) und außer Kontrolle geraten. Ein Satz hat wegen seiner Ironie immer einen Riesenerfolg: *Es war, als wäre die ganze Natur auf uns losgegangen.* Und was die Katzen angeht, ist da sicher etwas dran. Könnt ihr euch das vorstellen? Wie irgendwer all diese fauchenden Miezekatzen festhält, um Gurte und Fallschirme an ihnen zu befestigen und sie dann aus einer Flugzeugluke in die pfeifende Leere zu schmeißen?

Die nächste Erzählung, *Der Polarforscher*, ist eine meiner frühesten. Ich habe sie geschrieben, als ich selbst nicht älter als zwanzig war. Wie kam ich dazu? Eines Tages fand ich in der Bücherei die Schilderung einer tragisch verlaufenen Arktis-Expedition (erstaunlicherweise war es die Erstausgabe, ein ledergebundener Band, wahrscheinlich ein Vermögen wert, erschienen Ende des 19. Jahrhunderts). Niemand wusste von diesem Buch. Außer mir. Und so habe ich einige der darin beschriebenen Vorfälle für eine schwarze, düster-komische Geschichte über jenes immer wieder vergnügliche Thema ausgeschlachtet: Jemand stirbt den Hungertod und sieht dabei zu, wie ihm die erfrorenen Finger langsam schwarz werden. Weil mir solche Dinge einen Riesenspaß bereiten, habe ich mir Mühe gegeben, die Details – vor allem die kulinarischen Bräuche der Eskimos – so ekelhaft wie möglich auszuwalzen. Meine Leser werden auch bemerken, dass die Story in übertitelte Szenen aufgeteilt ist, fast wie bei einem Film. So kann ich leichter von den Polarforschern, die jämmerlich ins Schwimmen geraten, zu den Eskimos überblenden, die sich, statt die Natur beherrschen zu wollen, in sie ergeben. Diese Geschichte hat auch etwas sehr Visuelles an sich. Das mag mit der Form zu tun haben, aber diese Technik verwende ich in den meisten meiner Texte: als Schriftsteller muss man die Szene malen oder filmen, so dass die Leser sie für sich wieder erschaffen können. Und es genügt auch nicht, nur den Gesichtssinn anzusprechen – wenn es gut geschrieben ist, fühlt und riecht und hört man auch etwas, vom Krachen des Treibeises, dem heulenden Wind bis zum Geruch dieses wunderbaren Vogelschmalzklumpens, der dem glücklichen Kresuk das Nasenloch verstopft.

Als Nächstes kommt dann *Greasy Lake*, meine bekannteste und am häufigsten in Anthologien zu findende Erzählung. Praktisch jeder junge Amerikaner trifft irgendwann in High-school oder College auf sie und muss sich mit ihr auseinander setzen, um einen Aufsatz darüber zu verfassen. Tut mir Leid, Leute – es war nicht meine Absicht, euch akademischen Foltern zu unterziehen. Die Geschichte ist dazu gedacht, dass man sie als Fantasie liest und genießt, aber wie alle guten Geschichten lässt einen *Greasy Lake* natürlich auch darüber nachdenken, welche Folgen die Handlungen der Figuren haben – in diesem Falle der Wunsch, cool zu sein, und der ewige Reiz von Hipness. Geschrieben habe ich sie Anfang der Achtziger, und sie ist inspiriert von den freimütigen, triumphalen Teenager-Hymnen eines Bruce Springsteen, der auch das Motto für die Geschichte beisteuert. Die genaue Zeit der Handlung habe ich absichtlich eher unbestimmt gehalten (in den USA haben Jugendliche schon immer 57er-Chevys gefahren oder Reggae gehört), um ihr eine universelle Geltung zu verleihen. Das heißt, jeder von uns war schon mal da unten am Greasy Lake, egal wo dieser See auch liegen mag, und jeder von uns hat einmal dieses Undefinierbare in der Nacht gesucht, lebendige Erfahrungen von Sex, Drogen,

Alkohol, Natur, den pochenden Schlag des noch ungeformten Herzens und die ohrenbetäubende Megawatt-Power dessen, was hip heißt.

Da wir gerade von Power sprechen, wie steht es mit der Macht jenes kleinen Bildschirms, der die Wohnzimmer der industrialisierten Welt dominiert wie ein elektronisches Totem? Ja, ich spreche vom Fernsehen. Ich gehöre wohl zur ersten TV-Generation, und bis ich siebzehn war und von zu Hause weg aufs College ging, fand ich meine Geschichten nicht in Büchern, sondern auf diesem Schirm, wo sie mir Pixel für Pixel serviert wurden, genau wie die schwachsinnigen Werbespots, die sie überhaupt ermöglichten. Aber was bedeutete das eigentlich, und warum war ich, sobald ich eine andere Art zu leben entdeckt hatte, so abrupt auf Entzug von diesem heimtückischen Medium gegangen? Um das herauszufinden, schrieb ich eine kleine Lassie-Satire mit dem Titel *Ein Herz und eine Seele*. Folge für Folge hatte ich diese Spießbürgerfamilie kennen gelernt, ihr glückliches Lächeln und den vollen, wenn auch etwas farblosen Genuss des amerikanischen Lebensgefühls, aber es passte zu nichts von dem, was ich selbst im Leben kannte. Das deprimierte mich. Und machte mich wütend. Außerdem fragte ich mich, was bei einer Serie wie »Lassie« dieser ideale Bund zwischen zwei Arten – junger *Homo sapiens* und Weibchen von *Canis familiaris* – wirklich ausdrückte. Warum würde wohl ein Hund seine Instinkte unterdrücken, nur um den menschlichen Herren zu dienen? Und wie klug sind Hunde überhaupt (man beachte die Szene, wo Lassie ihre höchst präzise Botschaft hervorbellt)? Es wird auch klar, dass die Erzählung die Form einer Folge dieser Serie hat, und dass ihre Satire einige der tröstlichen und banalen Mythen entlarven soll, die das Fernsehen so verbreitet. In meiner Version stirbt Timmy – was für die Schöpfer solcher Serien sicher völlig undenkbar wäre –, dennoch ersteht er am Ende wundersamerweise wieder auf, gerade rechtzeitig für die Kennmelodie, die über den Äther schmettert: Im Fernsehland gibt es keine Grausamkeit, keinen Tod.

Und zum Schluss haben wir noch die *Großwildjäger*. Das ist auch wieder eine Geschichte, die mit der Natur zu tun hat und damit, wie wir sie zerstören und pervertieren. Ich bin nie jagen gegangen und ich war auch nie in einem Safaripark wie »Puffs Afrika-Großwildranch«, aber so etwas gibt es, und das reichte mir schon als Motiv für diese Erzählung. Wie es aussieht, schreibe ich meist entweder über Dinge, die ich verabscheue, oder über solche, die ich liebe. In diesem Fall ist wohl ziemlich klar, in welche Richtung mein Geschmack geht. Und doch ist es ein Stück voller schwarzem Humor, und wir alle können uns mit der Jugendlichen darin identifizieren – mit Jasmine Honeysuckle Rose Bender –, obwohl wir uns über sie lustig machen. Doch die Ironie liegt darin, dass sie am Ende Recht behält: Es ist ebenso herzlos wie absurd, Kreaturen wie Bessie Bee umzubringen – oder auch nur zu glauben, wir als Spezies hätten ein Recht, so etwas zu tun. Ich bin für die Tiere. Und vielleicht habe ich nie so viel Spaß bei einer Szene gehabt wie hier, als ich den Spieß für Bernard und die Benders umkehren und aus der Perspektive des Elefanten schreiben konnte. Habt ihr schon mal über die Hunde, die Geckos, die Elefanten und Löwen und Robben nachgedacht: Was *denken* die sich wohl?

*T. Coraghessan Boyle*
(aus dem Amerikanischen von Werner Richter)

# Quellennachweis

›Der Fliegenmensch‹ aus: ›Wenn der Fluss voll Whiskey wär‹, © 1991 Carl Hanser Verlag. Aus dem Amerikanischen von Werner Richter. © 1989 T. Coraghessan Boyle. Titel der Originalausgabe: ›If the River was Whisky‹ (Viking Penguin, New York).

›Ende der Nahrungskette‹ und ›Großwildjagd‹ aus: ›Fleischeslust‹, © 1999 Carl Hanser Verlag. Aus dem Amerikanischen von Werner Richter. © 1994 T. Coraghessan Boyle. Titel der Originalausgabe: ›Without a Hero‹ (Viking Penguin, New York).

›Der Polarforscher‹, © 1995 Maro Verlag. Aus dem Amerikanischen von Werner Richter. © 1976 T. Coraghessan Boyle. Titel des Originals: ›The arctic Explorer‹ (aus: ›fiction international‹, New York).

›Greasy Lake‹ aus: ›Greasy Lake und andere Geschichten‹, © 1993 Deutscher Taschenbuch Verlag (dtv 11771). Aus dem Amerikanischen von Ditte König und Giovanni Bandini. © 1979, 1981, 1982, 1983, 1984, 1985 T. Coraghessan Boyle. Titel der Originalausgabe: ›Greasy Lake & other stories‹ (Viking Penguin, New York 1986).

›Ein Herz und eine Seele‹ aus: ›Tod durch Ertrinken‹, © 1995 Carl Hanser Verlag. Aus dem Amerikanischen von Anette Grube. © 1974, 1976, 1977, 1978, 1979 T. Coraghessan Boyle. Titel der Originalausgabe: ›Descent of Man‹ (Atlantic Monthly Press, Little, Brown and Company, New York 1979).

# T. C. Boyle im dtv

»Aus dem Leben gegriffen und trotzdem unglaublich.«
*Barbara Sichtermann*

**World's End**
Roman · dtv 11666
Ein fulminanter Generationenroman um Walter Van Brunt, seine Freunde und seine holländischen Vorfahren, die sich im 17. Jahrhundert im Tal des Hudson niederließen.

**Greasy Lake und andere Geschichten**
dtv 11771
Von bösen Buben und politisch nicht einwandfreien Liebesaffären, von Walen und Leihmüttern…

**Grün ist die Hoffnung**
Roman · dtv 11826
Drei schräge Typen wollen in den Bergen nördlich von San Francisco Marihuana anbauen, um endlich ans große Geld zu kommen.

**Wenn der Fluß voll Whisky wär**
Erzählungen · dtv 11903
Der Zusammenstoß zweier Welten in den USA – der Guerillakrieg zwischen Arm und Reich hat begonnen.

**Willkommen in Wellville**
Roman · dtv 11998
1907, Battle Creek, Michigan. Im Sanatorium des Dr. Kellogg lässt sich die Oberschicht der USA mit vegetarischer Kost von ihren Zipperlein heilen. Eine Komödie des Herzens und anderer Organe.

**Der Samurai von Savannah**
Roman · dtv 12009
Ein japanischer Matrose springt vor der Küste Georgias von Bord seines Frachters. Er ahnt nicht, was ihm in Amerika blüht…

**Tod durch Ertrinken**
Erzählungen · dtv 12329
Wilde, absurde Geschichten mit schwarzem Humor.

**América**
Roman · dtv 12519

**Riven Rock**
Roman · dtv 12784
Eine bizarre und anrührende Liebesgeschichte.

Susanna Partsch
**Haus der Kunst**
Ein Gang durch die Kunstgeschichte
von der Höhlenmalerei bis zum Graffiti

*Reihe Hanser*      dtv 62014

Der Plan zeigt den Grundriß des Gebäudes – ein virtueller Gang durchs Museum: 16 aufeinanderfolgende Säle mit über 200 Kunstwerken aus Epochen der europäischen Kunstgeschichte. Künstlerbiografien, erläuternde Skizzen und Karten sowie Bildlegenden zu den Kunstwerken können besichtigt werden. Die Reihenfolge bestimmt der Leser selbst. Viele Rätsel der Kunst werden gelöst: Wie wurden die riesigen Marmorblöcke für die Tempel transportiert?

Eric Silver
**Sie waren stille Helden**
Frauen und Männer, die Juden vor
den Nazis retteten

Reihe Hanser    dtv 62016

Der japanische Konsul Sempo Sugihara stellte Hunderte von Ausreisedokumenten aus, um Menschen den Weg ins Exil zu ebnen. Gräfin Maria von Maltzan wies Juden einen ungewöhnlichen Weg durch das Berliner Kanalsystem. Box-Idol Max Schmeling rettete zwei Mädchen das Leben. Oskar Schindler bewahrte mit seiner Liste zwölfhundert Arbeiter vor Auschwitz. Für sein Buch wählte Eric Silver vierzig bekannte Persönlichkeiten und Unbekannte aus, für die ihre Taten etwas Selbstverständliches waren.